LE TOUR DU CHAPEAU

À ma mordue de hockey préférée,
Tamarah Willis, et à ses admirateurs
en devenir Rylan et Leif.
À Mike Smith, sur qui l'on peut toujours compter
pour les encouragements les plus sonores.
W.C.M.

Titre original : *Hat Trick*
ISBN : 978-1-4431-2941-1

Édition publiée par les Éditions Scholastic, 604, rue King Ouest, Toronto (Ontario) M5V 1E1.

6 5 4 3 2   Imprimé au Canada   121   15 16 17 18 19

Illustration de la couverture : Paul Perreault

MIXTE
Papier issu de
sources responsables
FSC® C004071

LE TOUR DU CHAPEAU

W.C. Mack

Texte français de France Gladu

Éditions
■SCHOLASTIC

Chapitre un

La méga sonnerie de mon nouveau réveil retentit dix fois plus fort que la cloche du dîner, à l'école. En fait, j'ai bien l'impression qu'on l'entend d'un bout à l'autre de Cutter Bay, et peut-être même dans tous les villages de l'île de Vancouver!

J'imagine le gardien de buts des Aigles d'Esquimalt qui plisse les yeux dans le noir en se demandant d'où vient tout ce tintamarre. Et j'arrive presque à voir toute la formation de départ des Mouettes de Sooke (qui nous ont réduits en bouillie à deux reprises la saison dernière) froncer les sourcils en remontant les couvertures par-dessus leur tête.

Personne n'aime entendre beugler la sonnerie d'un réveil à cinq heures du matin, pas même les joueurs les plus irréductibles de la ligue de l'île.

J'émets un grognement en allongeant le bras hors des couvertures les plus moelleuses et douillettes qui soient pour éteindre cet engin de malheur et replonger dans le sommeil. Mais j'ai à peine le temps de fermer les yeux que ma mère frappe à la porte. Et il ne s'agit pas d'un petit cognement discret des jointures, mais plutôt d'un bon coup de poing sec.

De toute évidence, elle ne plaisante pas.

— Tu es debout?

Je laisse échapper des paroles inintelligibles en entrouvrant un œil. Dehors, il fait noir comme dans un four et j'entends les gouttes de pluie qui tambourinent sur la fenêtre. Je sais déjà que le plancher de bois de ma chambre sera aussi froid que les glaces flottantes de l'Arctique dont nous avons parlé durant le cours de M. Marchand, sinon plus froid encore.

Mon instinct me dicte de me recroqueviller sous mes couvertures cinq minutes de plus. Maman le sait et elle frappe de nouveau à la porte.

— Tu ne peux pas être en retard le premier jour, mon chéri!

Mes paupières se lèvent instantanément lorsque je saisis enfin qu'elle ne parle pas de l'école. Quelque chose de beaucoup mieux m'attend.

Enfin.

Les entraînements recommencent!

Je souris dans l'obscurité en imaginant la lente trajectoire circulaire de la Zamboni qui refait la surface de la patinoire en laissant une trace lisse et lustrée que mordront bientôt les lames de mes patins. Cette image me donne, comme dirait mon père, un coup de pied au bon endroit. Ce genre de coup de pied qui me pousse à rejeter les couvertures et à bondir hors du lit, rempli d'enthousiasme et prêt à partir.

Je me douche et m'habille aussi rapidement que possible sans cesser de sourire. Lorsque je rejoins maman à la cuisine, je me sens d'attaque dans mon pantalon d'entraînement bien chaud et ma veste à capuche préférée des Canucks (celle qui affiche un logo à l'ancienne).

— Tu as préparé tes affaires? demande maman en boutonnant son imperméable.

Je fais un signe de tête affirmatif. Je suis censé vérifier que j'ai bien toutes mes affaires. Avant de me coucher hier soir, j'ai préparé mon chandail, mon équipement et tout ce dont j'aurai besoin pour l'école après l'entraînement.

Je n'ai peut-être pas grandi beaucoup cet été, mais mes pieds sont plus grands d'une pointure. J'ai donc mis dans mon sac mes nouveaux patins que je suis impatient d'étrenner.

Maman me tend ses clés et je vais chercher mon sac dans le vestibule.

J'ai beau être solide pour ma taille, il me faut toute mon énergie pour soulever l'énorme sac et le porter dehors. Grognant tel un animal enragé (ou comme ma sœur avant neuf heures du matin), je le hisse dans la fourgonnette de maman.

Je grimpe sur le siège du passager et attache ma ceinture. Ma mère entre alors avec une tasse de voyage remplie de thé pour elle-même et un chocolat chaud pour moi. Elle démarre la fourgonnette, règle le chauffage au maximum et met la radio pour écouter les nouvelles.

L'ennui total.

— Il y a un bagel pour toi dans mon sac, dit-elle en indiquant de la tête son sac à main.

Le bulletin de la météo nous annonce qu'il pleuvra toute la semaine. De la pluie en Colombie-Britannique? Quelle surprise!

— Je n'ai pas faim, dis-je.

J'ai trop hâte de m'entraîner pour penser à manger.

— Mais il faut que tu manges quelque chose, insiste-t-elle.

Elle tourne sur le boulevard des Sapins et plisse les yeux, éblouie par les phares d'une autre voiture.

— Mais...

— Croquette, mange ce bagel, dit-elle en me jetant un regard assassin.

Je lui rappelle que mon nom est JT.

— Parfait Jonathan, JT, ou peu importe comment tu t'appelles aujourd'hui, mange ce bagel.

Rien ne sert d'argumenter avec une nutritionniste de profession. Elle risque de m'obliger à porter l'un de ses tee-shirts jaunes de la pyramide alimentaire à l'école, si je ne cède pas. Je déballe donc le bagel et j'en prends une grosse bouchée. Il est excellent, légèrement grillé et tartiné de beurre d'arachide croquant. Après tout, j'ai peut-être faim.

— Merci, m'man.

— De rien, dit-elle en souriant. Tu as tout ce qu'il te faut pour l'école?

S'il y avait un championnat de la re-vérification, elle le gagnerait, c'est sûr.

— Ouais. Mes vêtements sont dans le sac, dis-je après avoir avalé ma bouchée.

— Et ton devoir de maths?

— Il est dedans aussi.

Je prends une autre bouchée.

— Fini?

Zut!

J'ai la langue qui colle au palais avec ce beurre d'arachide. Ma mère me jette un regard en coin.

— Je veux dire : l'as-tu fini?

— Presque.

— Presque? demande-t-elle en se rangeant sur l'accotement de gravier, comme si la patinoire pouvait attendre.

— Mais qu'est-ce que tu fais là?

C'est le premier jour de l'entraînement. On n'a pas le temps de s'arrêter pour papoter au bord de la route!

— Je vais régler cette question, une fois pour toutes.

Elle se tourne vers moi et j'espère que ses yeux ne perceront pas de trous dans mon front.

— Pourquoi ce devoir n'est-il pas fait?

— Il le sera, je te le promets. Je vais le terminer dans la voiture de Mme Claveau en route vers l'école.

Après tout, la mère de Louis conduit si lentement, que j'aurais sans doute le temps de faire toute une année de devoirs en un seul trajet.

— Croquette…

— JT

— JT, dit-elle en soupirant, nous avons convenu que la voiture n'était pas l'endroit pour faire des devoirs.

— Je sais, mais hier, je devais préparer mon sac, et…

— Et ce n'est pas une réponse valable. Le hockey ne passera jamais avant l'école chez nous. Tu le sais bien.

Je fais « oui » de la tête.

— Je ne t'entends pas.

— Je le sais, dis-je.

— Donc, ça ne se reproduira plus. Je me trompe?

— Non.

— Parfait, dit-elle en regagnant la route. Écoute, je sais que tu adores jouer au hockey, mais l'école doit être ta priorité.

Elle secoue la tête avant de poursuivre :

— Regarde ton père. Il a suffi d'une mauvaise décision et de moins de cinq secondes pour que sa carrière prenne fin.

Elle a raison, bien sûr. Avant qu'elle le rencontre, papa était ailier droit (comme moi) dans une équipe junior de la Saskatchewan. Tout le monde affirme qu'il serait certainement devenu une étoile de la ligue nationale. Mais juste avant que les éclaireurs de l'équipe des *Flames de Calgary* – rien de moins – viennent le voir jouer, il a reçu sur l'os de la joue une rondelle qui arrivait à environ mille kilomètres à l'heure et il ne portait pas de grille protectrice.

La rondelle a fait éclater l'os et lui a endommagé l'œil gauche. Il n'a plus été capable de jouer. Il a été arbitre pendant quelque temps, mais il ne voyait pas assez bien. Alors tout s'est terminé là. Je sais que papa aime son travail dans les assurances, mais je suis sûr qu'il aurait préféré jouer pour les Flames.

Et puisque sa carrière a pris fin abruptement, c'est sur mes épaules que repose maintenant la tradition de hockey de la famille McDonald. Je dois jouer vite et exécuter à la perfection ma tâche d'ailier droit. C'est à moi de conduire les Cougars en finale et de les amener de la deuxième à la première place.

Et j'ai bien l'intention de réussir!

L'ennui, c'est que je suis plutôt chétif et c'est ce qui m'a empêché de conduire mon équipe au premier rang. Ouais. Ma taille… et l'entraîneur O'Neal.

Notre saison en arrive toujours à un match décisif, et on ne me fait *jamais* jouer pendant ce match.

L'équipe des Requins du Littoral est non seulement la première de l'île, mais elle est aussi la plus solide. Et quand je dis solide, ça signifie qu'elle se compose d'une bande de durs à cuire qui ont l'air de culturistes professionnels. (D'accord, j'exagère : ils ressemblent plutôt à des gars de quatorze ans de taille moyenne, mais tous les autres ont l'air de garçons normaux de onze ans!)

Et comme je suis vraiment petit, l'entraîneur pense que je n'arriverai pas à faire face à ces brutes sur la glace. Alors tous les ans, au match contre les Requins, j'ai le privilège de regarder perdre mon équipe, confortablement assis sur le banc des joueurs.

J'ai droit à la meilleure place de l'aréna pour les pires moments de la saison.

Mais ce que l'entraîneur ne sait pas encore, c'est que même si je n'ai pas grandi, j'ai passé l'été à m'entraîner aussi fort que possible pour me préparer à cette nouvelle saison. Je suis maintenant plus robuste et plus rapide que jamais. Et je veux jouer contre les Requins coûte que coûte.

Maman ne semble pas avoir remarqué que je ne l'écoute plus. Heureusement, comme il s'agit d'un discours que j'ai déjà entendu mille fois, je n'ai pas trop de mal à m'y retrouver lorsqu'elle en arrive à sa conclusion.

— Alors si ton père ne s'était pas instruit, il n'aurait pas eu de chance. L'école importe plus que tout le reste.

— Je comprends, m'man, mais sérieusement, les *maths* ne me serviront jamais.

Elle se met à rire.

— Évidemment, qu'elles vont te servir!

— Mais non. Je veux jouer pour les Canucks et tout ce que les joueurs de hockey ont à faire, c'est de patiner et de compter.

— Ah bon? dit-elle en riant encore. Et comment prévois-tu t'occuper de ton salaire et de tes primes dans la LNH, si tu ne sais pas compter?

— Hmm.

J'ai horreur de l'admettre, mais cette fois-ci, elle marque un point.

Nous arrivons à l'aréna. J'embrasse maman, lui souhaite une bonne journée, et porte mon sac et mes bâtons à l'intérieur, où mon ami, Louis Claveau, me précède dans le couloir qui conduit au vestiaire.

— Salut Croquette! lance-t-il par-dessus son épaule.

Je prends une grande inspiration. Le moment est venu de changer les choses.

— JT.

— Hein?

— On m'appelle JT, maintenant.

— Depuis quand?

— Depuis tout de suite.

Louis s'arrête un instant, puis hausse les épaules sous le poids de son sac.

— Si tu le dis.

Je le suis dans le vestiaire. L'odeur n'a pas changé : un mélange de maïs soufflé brûlé et de transpiration. Un peu dégueu, mais quand même chouette.

Nous commençons à sortir notre équipement des sacs, entassant casques, gants, jambières, plastrons et chandails sur l'un des bancs. Nous n'aurons le droit d'utiliser les casiers que quand nous serons au secondaire. Inutile de préciser que j'attends ce jour avec impatience.

— Alors? demande Louis.

Il se lèche la paume de la main et essaie de lisser l'une de ses mèches rebelles. Mais à mon avis, il va falloir bien plus que de la salive pour discipliner ce truc-là. La mèche pointe vers le ciel comme l'antenne de la fourgonnette de ma mère. Il ne manque plus qu'un bonhomme sourire dodelinant au bout.

— Alors quoi?

— Alors, pourquoi JT?

Je trouve que ça fait cool et un peu mystérieux, mais je ne peux pas lui dire ça. Je réponds :

— Ce sont les initiales de mes deux prénoms.

— Ah mais oui, Jonathan, dit-il.

— Tu as tout compris. Jonathan Thomas.

Il hausse les épaules.

— JT. C'est bon.

— Parce qu'au fond, si on m'appelle Croquette, c'est seulement...

Il termine ma phrase :

— Parce que tu es petit.

Je serre les dents.

— Ouais, mais c'est surtout parce que ma sœur s'appelle Virginie McDonald et que tout le monde la surnomme *Big Mac* depuis toujours. Mais moi, au lieu de m'appeler *Hamburger* ou *Quart de livre*, je suis resté coincé avec... *Croquette*.

— Aah, dit Louis en hochant la tête. C'est...

— Du poulet, dis-je d'une voix calme.

Il hausse les épaules.

— Ma foi, les croquettes avec la sauce aigre-douce, c'est bon!

Comme si ça allait me remonter le moral.

— Je me fais appeler « croquette de poulet » depuis deux ans, Louis.

Il fait un signe de tête qui donnerait presque l'impression qu'il a saisi.

— Et... tu n'aimes pas ça?

Je le fixe droit dans les yeux.

— Tu aimerais ça, toi?

Louis hausse les épaules.

— Mon frère m'appelle La crotte, alors je ne suis pas le mieux placé pour juger.

Oh. Malaise. Apparemment, il y a des cas pires que le mien.

Malgré tout, j'espère que JT va fonctionner. Je trouve que le surnom me va bien et je me fiche que ma sœur se soit tout de suite moquée de moi en disant que j'aurais pu choisir JT-T., pour « j'suis tout 'tit ».

Si vous voulez mon avis, ce qui est nul à propos des surnoms comme « Croquette », c'est qu'ils décrivent des choses tellement évidentes! Je sais bien que je suis petit. Tout le monde le sait. On n'a qu'à me regarder et ça saute aux yeux.

— JT, dit Louis en interrompant le fil de mes réflexions. La Terre appelle JT!

— Quoi?

— Je t'ai perdu en route. Je disais que je trouve incroyable qu'il puisse faire si froid, par ici.

Il attache ses jambières.

Je suis bien de son avis, mais je lui réponds :

— C'est rien, comparé à l'endroit où mon père a grandi, en Saskatchewan.

— Ah oui?

Il étire le bras pour attraper ses bas de hockey rouge et noir.

— Un hiver, il y a eu tellement de neige, que papa et ma tante Julie pouvaient sauter du toit de leur maison.

Louis ne semble pas aussi impressionné qu'il devrait l'être.

— Hmm. Eh bien mon frère, à Calgary, a trébuché sur quelque chose en se rendant au cinéma, l'hiver dernier. Et tu sais ce que c'était?

— C'était quoi?

— L'enseigne lumineuse d'un taxi.

Bon, et alors?

— Elle était tombée du taxi?

— Mais non, tête de linotte. Le taxi était complètement enseveli sous la neige. Toute la *route* était recouverte de neige. Il ne savait pas qu'il marchait sur le taxi.

Je m'arrête pour le dévisager.

— Sérieux?

— Très sérieux.

— Waouh! Ça, c'est de la neige!

J'aimerais bien habiter dans l'est, par exemple au Québec. Au lieu de la pluie, eux, ils ont des quantités de neige et les lacs gèlent suffisamment pour que les gens puissent patiner dessus. Personne ne s'inquiète du temps de glace qu'il va falloir payer. J'aimerais n'avoir rien d'autre à faire que de jouer au hockey. Je pourrais oublier les maths et l'école au complet.

Jouer au hockey, un point c'est tout.

— Alors, qu'est-ce que tu penses du nouveau? me demande Louis.

Assis sur le banc, il remet du ruban sur son bâton. Moi, je l'ai fait hier soir. C'est la chose que j'aime le plus faire en préparation pour une nouvelle saison.

J'ajuste mes épaulettes.

— Quel nouveau?

Jules Michaud entre dans le vestiaire et largue son sac sur l'autre banc. Il a enfilé son chandail de coton ouaté à l'envers et un morceau de bœuf séché est resté collé au coin de sa bouche. Ma mère perdrait connaissance si elle voyait de quelle façon il commence sa journée.

— Super, ton déjeuner, se moque Louis.

Je lui repose ma question :

— Quel nouveau?

— Émile Bosco, dit Jules.

L'odeur de son haleine me rappelle l'intérieur des pantoufles de mon père. Après une longue fin de semaine. Durant une vague de chaleur.

— Émile Bosco?

Ce nom-là me dit vraiment quelque chose.

— Alors, il paraît qu'on nage avec les Requins, maintenant, les gars! lance Colin Berger.

Il s'approche de nous après avoir posé par terre son sac qui déborde de tous les côtés.

— Mais de quoi parlez-vous? dis-je, l'air étonné.

— Vous êtes au courant à propos d'Émile Bosco? demande Patrick Chen en franchissant la porte.

— Évidemment, dit Louis en levant les yeux au ciel.

— Ça va? marmonne David McCafferty qui entre en nous saluant de la tête.

Il a les cheveux tout aplatis, mais d'un seul côté. On dirait qu'il a dormi le visage appuyé sur la fenêtre de l'auto jusqu'à l'aréna. D'ailleurs, il a généralement l'air à moitié endormi.

— Nous parlons d'Émile Bosco, lui dit Colin.

— Je suis au courant, dit David. C'est incroyable!

— Mais de quoi parlez-vous?

Je crie presque, furieux d'être le seul à ne pas être au courant.

— Bon sang! Respire par le nez, Croquette, dit Colin.

— JT, lui dit Louis.

— Quoi?

Je grogne :

— Laisse tomber. Est-ce que quelqu'un pourrait enfin m'expliquer ce qui se passe?

— Notre nouveau joueur est Émile Bosco, m'explique Colin.

— D'accord… dis-je lentement en attendant l'explication, sans trop comprendre ce qui mérite toute cette agitation.

Colin lève les yeux au plafond et articule chaque syllabe.

— Émile Bosco des *Requins du Littoral*.

Oooh.

Cet Émile Bosco-là!

— Hein! dis-je d'une voix rauque.

— Ce gars-là est un manieur de bâton incroyable, dit Jules en secouant la tête avec admiration.

C'est impossible. Ça n'a aucun sens.

— Oui, mais… c'est un Requin, dis-je d'un ton calme.

— Plus maintenant. Sa famille vient de déménager par ici, explique Louis. Alors, il va venir à l'école avec nous aussi.

— Méchamment costaud, dit Jules, en continuant de secouer la tête. Vous avez goûté à ses mises en échec avec l'épaule?

Tous les gars acquiescent en silence en se rappelant le choc des corps qui s'aplatissent sur la bande. Tous les gars sauf moi, bien sûr. Par contre, je me rappelle très bien l'avoir vu foncer sur nous alors que j'étais sur le banc et que l'envie de me jeter sur la glace me démangeait.

— Vous savez, j'ai réfléchi et je crois qu'avec lui de notre côté maintenant, nous allons peut-être connaître notre meilleure saison, dit Patrick.

— Allô? Y a quelqu'un? riposte Louis. Ce gars-là est l'ennemi!

Cette affirmation ayant reçu l'approbation quasi générale, les gars de l'équipe se remettent à s'habiller pour l'entraînement… jusqu'à ce qu'Émile Bosco fasse son apparition dans le vestiaire. Avant même de le voir ou de l'entendre, je sens sa présence comme de la crème glacée coulant le long de ma colonne vertébrale.

Je me retourne pour lui faire face… et j'ai l'impression qu'il fait plus de deux mètres.

Il a les cheveux foncés, hirsutes et, croyez-le ou non, une *moustache*. Son sac, tout aussi chargé que le mien, se balance au bout d'une de ses énormes pattes, apparemment aussi léger qu'un sac de guimauves.

Si seulement il n'était pas si grand et costaud. Si seulement des gars comme Jules et Patrick n'étaient pas heureux de le voir se joindre à nous.

Mais surtout, si seulement il n'était pas ailier droit lui aussi.

Chapitre deux

Un silence funeste s'installe dans le vestiaire quand Émile Bosco enfile le chandail d'entraînement bleu foncé des Requins sur ses épaulettes. Je n'arrive pas à le croire. Un chandail des Requins! Non, mais pour qui se prend-il?

— L'entraîneur a sûrement un chandail des Cougars pour toi, dis-je, à la fois étonné et piqué par le fait qu'il ose porter ce chandail dans notre propre vestiaire.

Émile Bosco me regarde comme si j'étais un grain de poussière et hausse les épaules :

— Je suis bien avec celui-là.

Sa voix est profonde comme celle de mon père et je me demande comment cette erreur de la nature peut avoir le même âge que moi. Tous les autres se regardent en silence, mais je ne vais certainement pas me laisser intimider.

— En fait, je suis certain qu'il va t'en donner un, dis-je d'une voix ferme, mais avec le sourire. Je m'appelle JT, ailier droit du premier trio.

— Premier trio, hein? répond le géant avec un sourire suffisant.

Aurait-il des *crocs*?

— Ouais, dis-je, affichant une assurance que je ne ressens pas vraiment. En tout cas, bienvenue dans l'équipe.

La moitié des gars se contente d'observer la scène, tandis que l'autre moitié se rassemble comme une bande de mouettes affamées pour lui souhaiter la bienvenue. Lorsque le calme revient dans le vestiaire, Émile Bosco nous dévisage tous. Il ne sourit pas.

— Je n'ai pas eu le choix, laisse-t-il tomber.

Avant que quiconque ait pu dire un seul mot, il soulève ses patins par les lacets, les glisse sur ses larges épaules, puis sort du vestiaire.

— Le roi des minables! marmonne David en bâillant et en se frottant les yeux.

— Le géant des minables, ajoute Louis.

— Ouais, le géant en effet, grogne Colin. J'ai cru qu'il allait nous bouffer pour déjeuner.

— Sauf Croquette… dit David en me poussant du coude.

L'espace d'un instant, je me sens particulièrement brave, jusqu'à ce qu'il ajoute :

— … qui aurait plutôt servi de collation.

— Très drôle.

Je me tourne pour fermer mon sac pendant que les autres se dirigent vers la patinoire.

— Qu'est-ce que tu vas faire? demande Louis à voix basse lorsque nous sommes seuls.

— À quel sujet?

— Pour conserver ta position. Tu sais qu'Émile Bosco va vouloir faire partie du premier trio.

— Je sais, dis-je en fronçant les sourcils.

C'est *ma* position. C'est moi qui ai travaillé pour l'obtenir. Je joue dans cette équipe depuis l'âge de six ans. Émile Bosco ne peut pas arriver, défoncer la porte comme un gorille géant et décider qu'il prend ma place. Pas question!

— Alors? demande Louis.

Il n'y a qu'une réponse possible et je ne l'aime pas du tout.

— Alors, je vais me battre pour la garder.

* * *

L'entraîneur O'Neal dirige l'entraînement comme si nous avions patiné tout l'été, mais ça ne me dérange pas. Après tout, j'ai consacré mes vacances et le début de l'automne à me préparer à jouer ma meilleure saison.

Lorsque nous répétons à plusieurs reprises l'exercice qui

consiste à faire des allers-retours le plus rapidement possible jusqu'à la ligne rouge, puis jusqu'au but le plus éloigné, certains gars manquent d'air dès la troisième répétition.

Mais ce n'est pas mon cas. J'ai fait de la course ou du patin à roues alignées presque tous les jours pendant deux mois pour améliorer ma résistance. L'air glacial que j'avale me brûle les poumons et ressort sous forme de vapeur chaude, mais la sensation n'est pas désagréable.

— Patrick et Louis, sortez! crie l'entraîneur pendant que je les double. Toi aussi, Jules.

Le nombre de patineurs diminue rapidement quand ceux qui peinent à la tâche sont éliminés. L'entraîneur semble déçu chaque fois qu'il retire l'un de ses joueurs.

— Berger, qu'est-ce qui t'arrive? demande-t-il lorsque Colin dérape dans un virage et est éliminé.

Comme je dois faire mes preuves, je continue. J'ai trouvé un rythme de respiration constant qui s'accorde au crissement de mes lames et je me concentre pour le conserver.

— Jérémie, terminé! lance l'entraîneur.

Encore un de moins dans les rangs.

Finalement, il ne reste plus que moi, Christophe Faucher et Émile Bosco qui se trouve à environ un mètre devant moi. Je prends une grande inspiration et j'accélère le rythme pour le rattraper juste au moment où l'entraîneur rappelle Christophe. Je m'arrête à la ligne rouge en faisant gicler des flocons de glace et reviens à toute vitesse vers notre but.

Il faut que je le batte.

Voilà ce que je me dis en faisant de nouveau demi-tour à la ligne rouge.

— Vas-y, JT! crie Louis.

Les jambes lourdes et les poumons en feu, je patine à toutes jambes vers le but. Émile Bosco est juste à côté de moi. Je jette un coup d'œil vers lui et constate que ses cheveux sont aussi trempés de sueur que les miens, ce qui me pousse à redoubler d'efforts. À la ligne rouge, j'effectue mon virage le plus rapide et je fonce encore une fois.

— Dernière ligne droite! crie l'entraîneur à l'autre bout de la patinoire.

Une poussée d'adrénaline me permet d'accélérer encore, mais Émile Bosco augmente lui aussi sa vitesse d'un cran. Nous sommes côte à côte.

Vas-y, vas-y, vas-y.

J'entends les gars qui m'encouragent et même s'ils crient presque tous « Croquette », c'est l'intention qui compte. Dans un effort désespéré pour l'emporter, j'essaie de prendre les devants, mais le géant se trouve juste à mes côtés. À bout de souffle, je mobilise toute mon énergie, mais à la dernière seconde, Émile Bosco tente un dernier sprint et atteint la ligne rouge quelques centimètres avant moi.

Zut!

Je m'écrase si fort sur la bande que le plexiglas ondule.

— Belle lutte, les gars, dit l'entraîneur, qui a glissé sa planchette à pince sous son bras pour pouvoir nous applaudir.

Pas suffisamment belle à mon goût. Je jette un œil à Émile Bosco, content de voir qu'il essaie lui aussi de reprendre son souffle.

— Hé, super performance! chuchote Louis.

— Il m'a battu, dis-je à voix basse entre deux halètements.

— Tu y étais presque.

Je ne réponds rien.

Si tu l'as presque, c'est que tu ne l'as pas, me disait toujours mon grand-père.

— Alors, dit l'entraîneur O'Neal, je constate que nous avons du pain sur la planche.

J'ai les genoux qui tremblotent et ma lèvre supérieure goûte la sueur salée.

— Notre premier match est dans un peu plus d'une semaine et je m'attends à une amélioration.

Il pose les yeux sur mon ennemi essoufflé.

— Comme vous l'avez sûrement remarqué, nous avons un

nouveau joueur, cette année. Pour ceux qui ne le connaîtraient pas encore, il s'appelle Émile Bosco.

Nous restons silencieux. Je suis certain que les autres pensent à ce qu'Émile a dit : il n'a pas choisi de se joindre à l'équipe.

L'entraîneur poursuit.

— Il faisait partie des Requins, mais maintenant il est un Cougar. Alors, faites lui sentir qu'il est le bienvenu.

Patrick et Jules sourient à Émile, mais le visage du monstre reste aussi fermé que mon manuel de maths.

— Émile, ajoute l'entraîneur, j'ai un chandail d'entraînement pour toi dans mon bureau. Passe me voir avant de partir.

Ha! Ha!

Je murmure :

— Je te l'avais bien dit.

Seul Louis m'a entendu. Il sourit.

L'entraîneur place ses cônes orange et nous passons une vingtaine de minutes à parcourir la patinoire en les contournant avec la rondelle. Chaque fois que nous arrivons à une extrémité de la glace, nous faisons un tir dans le filet désert.

Je n'en rate pas un, mais Émile Bosco non plus.

Il me bat dans trois autres exercices techniques et, malgré tous mes efforts, je ne l'emporte qu'une fois. Avant même la fin de l'entraînement, j'en ai déjà ras le bol du nouveau.

— Est-ce qu'on a le temps de faire une partie entre nous? demande Jules à l'entraîneur en jetant un coup d'œil à l'horloge, au mur.

Cette horloge a reçu tellement de rondelles qu'on a fini par la recouvrir d'une cage grillagée.

— On a toujours du temps pour une partie entre nous, répond l'entraîneur en riant.

Il forme les équipes et lance les dossards rouges à la mienne. Nous n'avons que quelques secondes pour nous mettre en position.

Je ne réagis pas assez vite et me retrouve à l'aile gauche, nez à nez avec Émile Bosco à la ligne rouge (en fait, j'ai le nez à la hauteur de son aisselle). Les battements de mon cœur s'accélèrent lorsque la rondelle tombe et que Louis, qui est dans l'autre équipe, s'en empare. Je fais demi-tour et patine vers notre but, prêt à assurer la défense pendant que Louis fait une passe à Jules, qui tente une échappée. Jules s'approche, tire et rate complètement la zone de but.

— Mais qu'est-ce que c'était que ça? marmonne Émile Bosco derrière moi.

Voilà ma chance.

Je fais le tour du filet, je colle mon bâton sur la rondelle et m'élance vers le but opposé. Il n'y a rien de plus génial que de traverser la ligne rouge en sachant qu'on a la possibilité de compter. Même s'il ne s'agit pas d'une vraie partie et si les gradins sont vides, je m'en fiche, parce que je ne pense qu'au jeu.

Mes lames fendent la glace et mon bâton dirige la rondelle vers Jérémie. Il déteste garder le but et fait de son mieux pour essayer de deviner de quel côté je vais me diriger. Je feinte à gauche, puis à droite, en jetant un coup d'œil rapide toutes les deux secondes au coin droit du but.

C'est ma cible.

J'ai répété ce coup-là tout l'été avec une balle de tennis et j'ai très hâte d'en faire l'essai sur la patinoire.

Ça va être génial!

Je pousse la rondelle légèrement à gauche et j'ai l'angle parfait. Je me prépare à tirer. J'oublie les exercices, j'oublie Émile Bosco. Ma saison va démarrer en beauté.

En fait, *elle aurait pu* démarrer en beauté, si un bâton venu de nulle part ne m'avait pas barré la route.

Émile Bosco me prend d'abord la rondelle, puis la balaie carrément hors de ma portée.

— Désolé, dit-il en me dépassant, un sourire narquois aux lèvres.

J'ai à peine le temps de me remettre de ma surprise et de fermer la bouche, qu'il a déjà filé. Le temps que je me retourne, il a déjà parcouru la moitié de la patinoire en direction de notre filet. Je fonce pour le rattraper, mais il a déjà *compté*. À ce moment précis, je comprends que peu importent les efforts que j'ai fournis jusqu'ici et mon désir de conserver ma place dans le premier trio, la bataille s'annonce très difficile.

* * *

Ma journée ne s'améliore pas lorsque j'arrive à l'école et constate que les problèmes de maths que je me suis dépêché de résoudre sur la banquette arrière de la voiture de Mme Claveau ne font même pas partie du devoir.

— M. McDonald, dit M. Houle en secouant la tête lorsqu'il voit mon erreur, même le grand Wayne Gretzky a dû un jour être attentif durant le cours de mathématiques.

— Seulement un jour? dis-je.

Ma tentative de blague n'est pas l'idée du siècle.

— Je ne trouve pas ça drôle, M. McDonald. Et je doute que votre mère saisisse votre humour à la rencontre de parents, la semaine prochaine.

— Est-ce que je peux me rattraper?

Il me jette un long regard glacial par-dessus ses lunettes et je regrette ma question.

— Vous pouvez toujours essayer. Je vais vous donner un devoir supplémentaire à la fin du cours.

Je m'affale sur ma chaise. Génial. J'ai carrément demandé plus de devoirs... et j'en ai eu.

On frappe à la porte. M. Houle quitte un instant la salle de classe pour revenir en compagnie de nul autre que mon ailier droit préféré.

Non, mais est-ce qu'il va me ficher la paix, celui-là!

— Les élèves, à compter de maintenant, vous avez un nouveau camarade. Je vous présente Émile Bosco. Il vient de déménager du Littoral à Cutter Bay.

Émile parcourt la salle du regard. Même s'il m'a sûrement reconnu, il pose à peine les yeux sur moi et continue son inspection.

Minable.

— M. Bosco, je vois que nous avons une place libre à l'arrière, juste à côté de notre ami, M. McDonald.

Je me dis qu'il doit plaisanter, mais au contraire, il en rajoute :

— Mais assurez-vous de ne pas vous laisser influencer par ses habitudes de travail.

Quel cauchemar!

Le géant s'avance vers moi dans l'allée avec son fameux sourire en coin. Je me racle la gorge pendant qu'il s'assoit en laissant tomber son sac à dos par terre. Je conclus que le mieux que j'ai à faire est encore de me montrer amical.

Donc, je chuchote :

— Salut.

Il me lance un regard rapide, mais ne répond pas. Il ouvre plutôt son sac et en sort un classeur à anneaux noir.

Pauvre type.

Je tourne la page de mon cahier et essaie d'écouter ce que raconte M. Houle au sujet des pourcentages, mais comme d'habitude, je n'arrive pas à me concentrer. Quoi qu'en dise ma mère, je sais que les maths n'ont pas d'importance. Et même s'il m'arrivait un jour, dans plusieurs années, d'avoir besoin de calculer un truc, je me servirais d'une calculatrice. Elles ont été inventées pour ça, non?

Je regarde par la fenêtre. Comme j'aimerais être dehors, plutôt que collé à ce pupitre! Je voudrais être à la patinoire ou chez Pro-Sports, en train de regarder le nouvel équipement.

Quand j'y suis allé avec mon père pour acheter mes patins, j'ai vu un super casque. Rouge et noir, comme mon chandail des Cougars, avec des motifs d'éclairs flamboyants. Il était *vraiment* génial, mais *vraiment* cher, aussi : en fait, presque trois fois plus cher que le mien!

— M. McDonald? demande M. Houle.

Je relève la tête pour me rendre compte que toute la classe est tournée vers moi et m'observe.

Oups.

— Oui?

Pourvu qu'il ne vienne pas de me poser une question au sujet du problème inscrit au tableau.

— J'espère que je n'interromps pas vos cogitations.

— Mes quoi?

— Vous aimeriez peut-être partager le fruit de vos réflexions avec les autres élèves?

— Euh…

— Nous pourrions peut-être intégrer vos *rêveries* à la leçon d'aujourd'hui.

Quelques élèves pouffent de rire et Émile Bosco affiche encore une fois son sourire narquois. Je commence à croire que c'est tout ce qu'il sait faire.

À part jouer au hockey, bien sûr. L'entraînement s'est déjà suffisamment mal déroulé. Je ne suis pas d'humeur à me faire humilier devant lui au cours de maths par-dessus le marché. Je réfléchis quelques secondes à ce que vient de dire M. Houle.

Ah! Ah!

— En fait oui, nous pourrions sans doute les intégrer, dis-je.

Je crains un instant que les yeux de M. Houle lui sortent de la tête.

— Vraiment?

— Ouais.

— Pardon?

— Désolé, je voulais dire « oui ».

— Merci. Alors, allez-y.

— Eh bien, il y a chez Pro-Sports un casque que j'aimerais bien avoir. Un casque de hockey qui coûte 189 dollars.

— Tout un casque, commente M. Houle en levant les sourcils.

J'acquiesce.

— Ah, oui. Il est recouvert de superbes flammes rouges et…

— Gardez ces propos pour le cours d'arts plastiques, M. McDonald. Tenons-nous-en aux chiffres.

— D'accord. Donc, mon argent de poche hebdomadaire est de dix dollars, et j'essaie de trouver…

— Combien de temps il vous faudra pour économiser l'argent?

Je fais un signe de tête affirmatif.

— Mais là où les choses se compliquent, c'est qu'en achetant mes patins le mois dernier à ce magasin, nous avons obtenu un bon de réduction de cinq pour cent sur notre prochain achat.

— Merveilleux, dit M. Houle en s'approchant du tableau. Examinons la question tous ensemble.

Et c'est exactement ce que nous faisons. Les bolés, assis au premier rang, font presque tous les calculs, mais je réussis à suivre beaucoup mieux que d'habitude puisque pour une fois, la réponse m'intéresse.

Lorsque j'obtiens les résultats, je découvre que je pourrai m'acheter mon casque de rêve... une fois la saison de hockey terminée.

Cette fois, au lieu d'afficher un sourire narquois, Émile Bosco s'étrangle de rire.

Il ne manquait plus de ça.

Chapitre trois

Lorsque la journée d'école se termine enfin, je rentre à pied avec Louis. Comme il n'habite qu'à quelques pâtés de maisons de chez moi, nous faisons habituellement le trajet ensemble. Le vent fait voler les feuilles dans tous les sens et pour une fois, je me réjouis que nous ne soyons pas samedi. Papa et moi râtelons généralement le jardin les fins de semaine.

— Ah, j'allais oublier, dit Louis. Ma mère demande si vous pourriez m'emmener à l'entraînement, demain.

Il sort de son sac une tuque des Red Wings qui viendra sans doute à bout du vent, mais non de sa mèche folle.

— Je vais lui demander, mais ça devrait aller.

Maman aime bien faire du covoiturage, mais seulement pour des amis qui sont ponctuels et Louis n'est pas toujours un modèle du genre. Il paraît que c'est la faute du bouton de rappel de sonnerie de son réveil...

— Alors, comment as-tu trouvé l'entraînement? me demande-t-il en enfonçant la tuque rouge vif sur ses oreilles et en centrant le logo à tâtons.

La réponse me vient immédiatement.

— Nul.

Louis laisse tomber les bras le long de son corps, puis marmonne.

— Je sais. Pourquoi est-ce qu'il a fallu qu'Émile Bosco déménage par ici?

— Ouais. Pourquoi n'est-il pas allé à Nanaimo ou à Courtney...

— Ou à Vancouver? propose Louis.

— Ou à Tokyo?

— Oui, Tokyo. Ce serait bien, dit-il en riant.

Je n'ajoute rien. Je suis trop occupé à réfléchir au fait que tout a complètement changé en une seule malheureuse journée. Louis tape du pied dans un caillou tous les quelques pas. Je plonge les poings au fond de mes poches en me demandant comment je vais bien pouvoir faire le poids contre une bête comme Émile Bosco.

— Tu vas écouter la partie, demain soir?

Je me tourne pour le regarder.

— Évidemment. Les Canucks contre tes pochetons de Red Wings? Comme si j'allais manquer ça!

Il me donne un coup de poing sur le bras, histoire de marquer l'insulte, mais il sourit.

— C'est bien ce que je pensais. Mon père vient d'acheter une télé à écran plat. Si tu veux, tu peux venir écouter la partie chez moi.

— Ce serait génial, mais je ne peux pas sortir les soirs de semaine.

Parfois j'ai l'impression que ma vie se limite à des règles, des règles et encore des règles.

— Pas de problème, dit Louis en hochant la tête. Hé, tu as entendu parler du concours de Radio-Hockey?

Je fais un signe de tête négatif.

— Mes parents n'écoutent que les nouvelles et la musique classique.

— Euh, essaie d'écouter ça, ce soir. L'émission est de huit heures à neuf heures. Ils organisent un jeu-questionnaire pendant deux semaines et tu peux gagner des prix.

— Un jeu-questionnaire sur le hockey?

— C'est Radio-Hockey, Croquette.

Je lui rappelle que je m'appelle JT, puis je lui demande :

— Qu'est-ce qu'on peut gagner?

— Des trucs chouettes. Comme un chandail de hockey signé de la LNH.

— Signé par qui? Bon sang, si c'était Jean Ducette, je ferais une crise cardiaque juste là, sur le trottoir.

— Sean Carter.

Je grogne.

— Pouah. Personne n'aime les Pingouins.

— Moi, je les aime, dit Louis.

— D'accord. *Une personne* aime les Pingouins.

Louis hausse les épaules.

— Mais il y a d'autres prix, aussi : des bâtons, des casques...

— Vraiment? dis-je en souriant à cette pensée.

Un casque, ce serait génial. Et si c'était celui dont je rêve, avec des flammes? Si je n'avais pas à trouver des travaux à faire à la maison pour pouvoir gagner de l'argent et me l'acheter? Si je n'avais qu'à le gagner?

— De toute façon, les prix deviennent de plus en plus gros depuis quelques jours. Et dimanche, quelqu'un va gagner le premier prix.

Un premier prix? Il y a autre chose de mieux que des chandails signés et des casques?

— Qu'est-ce que c'est?

Louis s'éclaircit la gorge, puis se penche en avant et se met à se taper sur les genoux à toute vitesse. Je salue de la main les O'Donnell qui passent en voiture. Catherine et Nicolas s'écrasent le nez contre les fenêtres et écarquillent les yeux en nous voyant. Je souris comme si Louis n'était pas tout à fait normal, ce qui n'est pas facile.

Je finis par lui demander :

— Veux-tu me dire ce que tu fais?

— Un roulement de tambour, dit-il en frappant encore plus rapidement.

— Arrête, dis-je en riant. Qu'est-ce qu'on gagne?

Il se redresse et me regarde en souriant.

— Des billets pour un match des Canucks.

Je hurle presque.

— Nooon!

— Contre les Flames.

— Pas vrai!

Je crie encore plus fort. Je suis tellement énervé que j'ai les mains en sueur.

— Et puis ce sont de bonnes places.

— Ça, c'est génial! dis-je en secouant la tête.

Je n'ai jamais vu de match de la LNH. Évidemment, je les regarde à la télé, mais ce n'est pas la même chose. Je suis même allé à Vancouver quelques fois et nous sommes passés en voiture près de l'aréna Rogers pendant que les Canucks jouaient, mais je n'ai jamais assisté à une vraie partie. J'essaie d'imaginer ce que ce serait, de marcher dans le stade entouré des autres partisans de l'équipe. Nous serions tous vêtus de bleu et de vert, et nous hurlerions à pleins poumons.

— Et ce n'est même pas ça le meilleur, dit Louis.

Je cesse de marcher, croyant avoir mal entendu. Que peut-il y avoir de mieux qu'un vrai match de Canucks? Et contre les Flames, en plus.

— Qu'est-ce que tu veux dire?

— Eh bien, tu gagnes deux billets pour le match, et…

Ses sourcils se haussent et s'abaissent.

— Et quoi?

— Et c'est quelque chose! dit-il d'un ton taquin.

— Mais quoi?

— Énorme, je te dis.

— Louis!

— Devine!

Je n'ai pas la moindre idée de ce que ça peut être. La chance de rencontrer l'un des joueurs? Et si c'était Jean Ducette? Si j'avais l'occasion de serrer la main de mon héros, je m'évanouirais, c'est sûr.

— J'attends, dit Louis d'une voix chantante.

— D'accord, dis-le-moi.

Il croise les bras sur sa poitrine et me fait patienter encore quelques secondes. Je suis sur le point de lui sauter dessus et je crois qu'il le voit dans mes yeux, parce que c'est juste à ce moment qu'il laisse échapper les six mots magiques.

— Un tir de la ligne rouge.

— Quoi?

J'ai la tête qui tourne.

— Tu n'es pas sérieux!

— Absolument. Et si tu comptes, tu gagnes de l'argent et un tas de trucs autographiés par les Canucks.

— C'est sérieux?

— Très sérieux, dit-il en hochant la tête. Radio-Hockey à huit heures.

Je suis tellement énervé que j'arrive à peine à respirer. Louis n'a pas tourné le coin de la rue des Arbres que je me mets à courir vers la maison. En arrivant, je grimpe à toute vitesse les marches du balcon arrière et j'ouvre toute grande la porte de la cuisine.

— Bon sang! s'écrie ma sœur Virginie, qui est au téléphone comme d'habitude. Ferme la porte! On gèle, Croquette.

Je ne me donne même pas la peine de lui rappeler que je m'appelle JT. Je dois réfléchir à des choses bien plus importantes. Je lance mon sac à dos dans le vestibule, me verse un verre de lait glacé et monte directement dans ma chambre.

Ma porte est couverte d'affiches ATTENTION : ZONE CONTAMINÉE, DANGER et DÉFENSE D'ENTRER. J'ai eu ces affiches dans mon bas de Noël l'an dernier. Je dois pousser fort pour ouvrir à cause des tas de chandails de coton ouaté et de jeans que je laisse toujours par terre au lieu de les mettre dans le panier à linge sale.

Mes murs sont tapissés d'affiches de Jean Ducette et d'autres grands joueurs aussi, comme Roberto Luongo et Henrik Sedin. Mon tableau d'affichage est couvert de coupures tirées des pages sportives, de quelques autocollants de l'équipe et de l'horaire des Canucks pour la saison. Ma bibliothèque se trouve juste à côté de mon tableau d'affichage. Sur la tablette du bas, je place les choses dont j'ai besoin pour l'école, comme un dictionnaire, des crayons et des trucs du genre. Sur la deuxième tablette, il y a quelques trophées de hockey pitoyables que j'ai gagnés quand j'étais petit, et ma photo d'équipe Atome.

Mais ce dont j'ai vraiment besoin se trouve sur la tablette du haut, pêle-mêle avec les livres de plus en plus nombreux que j'accumule sur le hockey : des biographies de quelques anciens joueurs comme Gordie Howe, Maurice « le Rocket » Richard, Bobby Orr, et l'histoire de près de la moitié des équipes de la ligue.

Mais je possède aussi l'outil qu'il me faut pour gagner le concours et je souris en prenant mon encyclopédie de hockey sur la tablette.

Et c'est le but! Troisième édition.

La quatrième édition est parue il y a presque un mois et j'avais très hâte de me la procurer, mais la commande était en rupture de stock à la librairie.

Je tire mes couvertures et me laisse tomber sur mon lit, prêt à commencer à étudier. Évidemment, je connais déjà une quantité de détails et de faits, mais je me doute bien qu'avec les prix qu'offre Radio-Hockey, les questions ne seront pas faciles. Je dois absolument l'écouter tous les soirs pour pouvoir m'améliorer. Je sais que c'est en s'exerçant qu'on devient habile, parce que j'ai travaillé tout l'été à perfectionner mon lancer frappé.

Il faut que je lise *Et c'est le but! Troisième édition* du début à la fin au moins deux fois.

Juste au moment où je m'apprête à commencer, ma mère frappe à la porte.

— Jonathan?

— Entre!

Il lui faut quelques essais avant de pouvoir ouvrir la porte, et lorsqu'elle y arrive, elle pose immédiatement les mains sur ses hanches.

— J'oserais dire que c'est l'état d'urgence, ici, chéri.

Pour la septième fois au moins au cours des deux dernières semaines, je lui dis que je vais ranger.

— Je n'en doute pas un instant. Et aujourd'hui même.

— D'accord, dis-je en soupirant.

Je vais devoir trouver le moyen d'ajouter le nettoyage à mon étude de hockey.

— Je ne savais pas que tu étais rentré. Virginie m'a dit que tu avais traversé la cuisine au pas de course.

— J'étais pressé.

— Apparemment, dit-elle en soulevant un sourcil. Tu n'es même pas passé par le séjour pour me dire bonjour.

— Désolé, dis-je, espérant en finir rapidement avec cette conversation pour pouvoir me remettre au travail.

— Tu as passé une bonne journée à l'école? demande-t-elle en croisant les bras et en s'appuyant dans l'embrasure de la porte comme si elle comptait prendre racine…

— OK.

— Et l'entraînement?

— Bien.

— Les réponses à une syllabe ne comptent pas.

Mais *qu'est-ce* qui va compter, alors?

— Tout s'est bien passé à l'école.

— Qu'est-ce que tu fais? demande maman.

La question est plutôt étrange, compte tenu du fait que je suis étendu sur mon lit et littéralement collé à un livre ouvert.

— Je lis, dis-je.

Puis, je me rappelle qu'elle veut des réponses plus longues.

— C'est un livre sur le hockey.

— J'ai bien vu, dit-elle en fronçant les sourcils. Je croyais que vous lisiez *Vingt mille lieues sous les mers* pour le cours de français?

Probablement.

— Euh, oui. J'en ai lu quelques chapitres.

En fait, ce serait plutôt quelques pages, mais c'est vrai tout de même.

— Tu ne penses pas que tu devrais plutôt être en train de lire *Vingt mille lieues sous les mers* en ce moment?

Je sais d'expérience que sa phrase pourrait ressembler à une question, mais qu'en réalité, ce n'en est pas une.

— Je suppose, dis-je en poussant un soupir.

Elle sort un instant dans le couloir, puis revient avec mon sac à dos.

— J'ai monté tes livres pour que tu puisses faire tes devoirs sans avoir besoin de jumelles.

— Merci, dis-je en allongeant le bras vers le sac.

Comment est-ce que je vais faire pour gagner un tir de la ligne rouge si je consacre tout mon temps à la lecture obligatoire?

* * *

Quand arrive l'heure du souper, je n'ai lu que trois pages du satané livre parce que j'étais trop occupé à jeter un coup d'œil de temps à autre à *Et c'est le but! Troisième édition* et à rêver de compter de la ligne rouge.

Comme le second appel à table que me lance maman est nettement plus sonore que le premier, je roule hors de mon lit et je descends.

— Du saumon, dit Virginie lorsque je m'assois à côté d'elle.

Le saumon est l'un de mes plats préférés, surtout quand maman l'accompagne de riz sauvage comme elle l'a fait ce soir. Pendant que nous mangeons tous les quatre, nous discutons comme d'habitude de ce qui s'est passé dans la journée.

Lorsque je soupe chez Louis ou chez Colin, les enfants sont devant la télé, dans le séjour, et les parents mangent à la table de cuisine. Je trouve ça vraiment bizarre.

J'aime bien notre façon de faire, même si Virginie babille sans arrêt.

Je demande à papa de me passer le riz.

Il me tend le bol et je remplis mon assiette, puis je prends un petit pain et je me coupe un morceau de beurre.

— Je ne vois pas de salade dans ton assiette, Jonathan, dit maman alors que Virginie en est au beau milieu d'une phrase.

Ma sœur me tend le bol de salade avec un regard mauvais.

— M'man, j'étais en train de raconter quelque chose, là, gémit-elle.

Je me sers de la salade et j'y ajoute la vinaigrette italienne maison de maman.

— Vas-y, Vivi, dit papa en lui tapotant le bras.

— Bon, alors Danielle dit qu'elle n'ira pas à la danse à moins qu'Antoine le lui demande, mais il a déjà invité Catherine, et...

— Laquelle est Catherine, déjà? demande maman.

— C'est celle qui a les cheveux blonds et qui joue à la ringuette.

— Ah oui, c'est vrai, acquiesce maman en mastiquant.

— Mais en tout cas, Catherine veut y aller avec Justin, qui s'intéresse plutôt à Laurence, et puis...

— On dirait un feuilleton télévisé, me chuchote papa.

— Et un mauvais, à part ça!

— Je m'excuse, dit Virginie en me fixant. Moi, j'écoute toujours tes histoires de hockey, alors j'aimerais bien que tu écoutes la mienne, toi aussi.

— Ah, tu vas nous raconter une histoire de hockey? dis-je en sachant très bien que ce n'est pas ce qu'elle a voulu dire.

— Bon sang, Croquette, pourrais-tu...

— JT!

Virginie lève les yeux au ciel.

— Tu veux que je te dise : ça ne se fait pas de choisir son propre surnom.

— Ah non, pourquoi?

Je fais suivre ma question d'une bouchée de cet extraordinaire saumon.

— Parce que ce n'est pas comme ça que ça marche.

Papa se tourne vers moi.

— Tu veux que nous t'appelions JT?

— Mais *d'où* tu sors, papa! demande Virginie.

Il ne lui répond pas, mais me demande :

— Tu n'aimes pas Croquette?

Non, mais est-ce qu'il se moque de moi? Personne dans le monde entier voudrait se faire appeler Croquette.

— Je déteste, dis-je la bouche pleine.

— Dégueu, grogne Virginie. Je ne veux pas voir ça.

— Tu n'as qu'à pas regarder.

Je crois que c'est le moment de changer de sujet.

— Hé, il y a un nouveau concours sur Radio-Hockey...

— Est-ce que je peux finir mon histoire? coupe Virginie.

Je doute que son histoire ait une fin, parce qu'en général...

— Mais oui, ma chérie, dit maman.

Mais je devine qu'elle est tout aussi intéressée que je le suis de savoir si Sandra-Ali-Geneviève-Sarah-Élise-Jasmine sont allées à la danse avec Justin-Christophe-Billy-Antoine-Marco.

Virginie jacasse encore quelques minutes, pendant que j'essaie de me rappeler le premier trio de chaque équipe de la division Nord-Ouest. C'est plus difficile que je l'aurais cru.

Je débarrasse la table, puisque c'est Virginie qui l'a mise, et en apportant les assiettes à la cuisine, je constate que maman a fait du dessert.

Nous ne mangeons jamais de dessert les soirs de semaine!

Et mieux encore : c'est de la croustade aux pommes!

Je mange la mienne lentement, en savourant chaque bouchée et en regardant l'horloge s'approcher de huit heures, content que mon horrible journée soit presque derrière moi.

Pendant que je mange, maman commence à nous raconter sa journée.

— Il y a une nouvelle au travail. Elle vient de déménager de Comox ou du Littoral, je ne me rappelle plus. En tout cas, elle a deux garçons qui ont à peu près le même âge que vous.

— Je l'ai vu dans la grande salle, dit Virginie. Sacha je ne sais plus quoi.

Elle hausse les épaules.

— Il n'est pas aussi beau que Philippe Brault.

— Personne n'est aussi beau que Philippe Brault! dit papa en riant.

— C'est très drôle, dit Virginie.

Je bute sur le nom du gardien de but des Oilers en me demandant comment j'ai pu oublier une chose pareille. Je mastique lentement en m'arrêtant sur chaque lettre de l'alphabet pour essayer de trouver ce nom.

— Bref, dit maman, le plus vieux joue au rugby et le plus jeune a gagné récemment un prix provincial de mathématiques.

Le nom de ce gardien de but est McNeal, ou quelque chose du genre. À moins que ce soit McDougall? McAllister?

— Un prix de mathématiques? dit papa en me jetant un regard rapide. Impressionnant.

— Oui, et apparemment, ce garçon a déjà fait du tutorat. Alors, j'ai dit à sa mère que nous serions intéressés. N'est-ce pas, Jonathan?

Je l'ai sur le bout de la langue. J'arrive presque à voir la tête du bonhomme. J'y suis :

— Sean McCallum! dis-je, complètement soulagé.

— Tu as vraiment un problème! lance Virginie.

— Jonathan? interroge maman, l'air inquiet.

J'agite un peu la tête pour me réchauffer le cerveau.

— Désolé. Qu'est-ce que tu disais, m'man?

— Les *mathématiques*, chéri. Nous savons que ce n'est pas facile pour toi et ça semble être la solution parfaite qui nous est servie sur un plateau d'argent!

La solution parfaite?

— La solution pour quoi?

— Ce garçon, dit maman. Émile Bosco. Il va être ton tuteur de mathématiques.

Chapitre quatre

Je laisse échapper ma fourchette qui tombe bruyamment et fait gicler des morceaux de croustade aux pommes sur le chemisier de Virginie.

— Bravo, Croquette! s'exclame-t-elle en se précipitant à la cuisine pour se nettoyer.

Franchement. Ce ne sont que des pommes et du gruau. Pas des déchets toxiques.

— Qu'est-ce qui ne va pas? demande maman.

Ce qui ne va pas? Mon ennemi juré va « m'aider en maths »!

— Je n'ai pas besoin d'un tuteur. Et en plus, est-ce qu'un tuteur n'est pas d'habitude... un adolescent? dis-je en marmonnant.

— Mais c'est un prodige, réplique maman.

— Parfait. Je ne sais même pas ce que ça veut dire.

— Un jeune génie, dit papa.

Je lève les yeux au ciel.

— Génial. Et pendant qu'on y est, il ne serait pas aussi le neveu de Jean Ducette?

— Quoi? demande maman.

Je pousse un soupir.

— Rien.

Maman appelle papa à la rescousse.

— Paul?

Il avale sa dernière bouchée de croustade.

— Il n'y a rien de mal à recevoir de l'aide, fiston.

— Mais...

— Les mathématiques sont une matière difficile et les choses n'iront pas en se simplifiant dans les années à venir. Je pense que d'avoir un tuteur est une bonne façon de se préparer.

Je grogne :

— Mais Émile Bosco?

Et je constate que de prononcer ce nom à voix haute aggrave encore les choses.

— Tu as fait sa connaissance? demande maman en souriant comme si je lui annonçais que je venais d'avoir cent pour cent dans un test de maths.

Je soupire.

— Ouais. Il est dans l'équipe.

— Eh bien! dit-elle en souriant encore davantage, c'est justement pour ça que j'ai trouvé que c'était une bonne idée.

— C'est justement pour ça que *ce n'est pas* une bonne idée, dis-je.

— Qu'est-ce que tu veux dire? demande maman en fronçant les sourcils.

— Il est...

Je ne sais pas trop comment l'expliquer gentiment, alors je laisse parler mes tripes.

— C'est une espèce de gorille géant qui dévore probablement des écoliers *et* leurs devoirs de mathématiques pour le déjeuner.

J'entends mon père tousser, mais lorsque je me tourne pour le regarder, je vois qu'il essaie plutôt de s'empêcher de rire.

Mais ce n'est pas drôle.

— Je suis sérieux, dis-je. C'est une brute finie.

— Mais il a onze ans, Jonathan, dit maman en secouant la tête.

— Il a l'air d'en avoir vingt-cinq.

— Ça ne peut pas être si terrible, dit papa, qui a toujours envie de rire.

— Oh oui, absolument. Il est nul. Il s'imagine qu'il va faire partie du premier trio comme ailier droit et il s'est présenté à l'entraînement avec son chandail des Requins, aujourd'hui, croyez-le ou non. Il est complètement nul.

— Qui, ça? demande Virginie qui revient à la table avec de

grandes taches d'eau sur son chemisier.

Je grommelle.

— Émile Bosco.

— Bosco, c'est ça, répète Virginie en grimaçant pour mieux réfléchir. Sacha Bosco. Les cheveux noirs, les yeux noirs...

— Est-ce qu'il a l'air d'un orang-outang? Parce que son frère, lui...

— Ça suffit, dit maman, d'un ton presque aussi menaçant que le regard qu'elle me lance. Tu as des difficultés en mathématiques et il te faut de l'aide. Cet Émile Bosco est un prodige...

Je murmure :

— Est-ce qu'il faut absolument que tu nous le rappelles?

— Et puis il vient d'arriver dans une nouvelle ville. Il se sent probablement seul, et...

Le gorille? Se sentir seul? J'ai encore grogné. C'est plus fort que moi. Ma mère me regarde les sourcils froncés.

— Vous pouvez vous aider beaucoup, l'un et l'autre, Jonathan.

— Essaie, au moins, dit papa en souriant. Et ne t'inquiète pas : même s'il y a un autre ailier droit dans l'équipe, tu es un bon joueur et un peu de concurrence pourrait même améliorer un peu ton jeu. Il n'y a rien de mal à ça, il me semble.

— Ouais, peut-être, dis-je sans trop de conviction.

— Alors, c'est réglé, dit maman en empilant son assiette à dessert vide sur la mienne pour que je puisse les placer dans le lave-vaisselle. Et à présent, il est l'heure de t'attaquer à tes devoirs.

Mais en entrant dans la cuisine et en voyant le calendrier fixé au mur, je constate qu'il est plutôt l'heure de m'attaquer à autre chose.

Nous sommes le premier du mois et il y a encore une petite chance que cette horrible journée s'améliore.

Virginie s'approche pour téléphoner pendant que je me dépêche de charger le lave-vaisselle. Lorsque j'ai terminé, je fouille dans le tiroir sous le micro-ondes en repoussant les stylos, le ruban adhésif, la ficelle et des tas d'autres bidules avant de trouver ma règle. Lorsque je la tiens finalement, je suis prêt à l'action.

— Ouais! dis-je en agitant le bâtonnet de bois.

Virginie me regarde avec des yeux ronds comme si j'étais un extra-terrestre, puis elle secoue la tête.

— Ce n'est rien, dit-elle dans le récepteur. Ce n'est que mon frère qui vit pleinement ses onze ans.

Sans me soucier d'elle, je me précipite hors de la cuisine en criant :

— Hé, m'man!

— Veux-tu baisser le ton? me lance ma sœur. Tu es vraiment *nul*, Croquette.

Je me retourne pour la corriger :

— JT.

— Oui, c'est ça, soupire-t-elle, les yeux au plafond.

Je crie de nouveau.

— Maman!

— Il y a le feu quelque part? demande maman du haut de l'escalier.

Elle tient une serviette à moitié pliée et il y en a probablement trois cents autres qui attendent leur tour dans la salle de lavage. Virginie prend plus de douches que toute mon équipe de hockey.

— C'est le premier aujourd'hui, dis-je le sourire aux lèvres en brandissant la règle.

Maman serre les lèvres l'espace d'un instant, puis elle me sourit avec une certaine raideur.

— Hé, pourquoi est-ce qu'on n'attendrait pas le mois prochain? Comme ça, tu aurais 60 jours à mesurer en une fois.

— Maman, dis-je en soupirant.

— D'accord, d'accord, dit-elle en repliant encore la serviette avant de la ranger sur l'étagère du haut de l'armoire à linge.

J'ai trop hâte!

— Ouiii!

Maman me suit dans la cuisine et je me place debout à l'endroit habituel, à côté du frigo. Je m'assure que mes talons et mes omoplates sont aussi près du mur que possible.

— Ne bouge plus, Croquette, murmure-t-elle en posant la règle sur ma tête et en allongeant le bras pour attraper un crayon.

Je lui rappelle encore une fois que je m'appelle JT. Le surnom ne colle pas aussi facilement que je l'espérais.

Je croise les doigts en souhaitant avoir grandi de trois centimètres, peut-être quatre.

— Ça y est, dit-elle, en tirant un trait les yeux plissés.

Jusqu'à présent, boire du lait s'est révélé tout aussi inefficace que les exercices d'étirement ou le fait d'adopter une bonne posture. Complètement nul, tout ça.

— Tu gigotes, dit maman.

Retenant mon souffle, je murmure :

— Désolé.

En parcourant notre album de photos, la première chose qu'on remarque, c'est que depuis mes débuts au hockey, je suis toujours assis sur la glace devant les membres de l'équipe. Alors que les autres sont tous debout en rangée derrière moi, je suis assis en tailleur et je tiens sur mes genoux l'affiche des Cougars de Cutter Bay. Ça, c'est parce que si le photographe m'avait aligné avec mes coéquipiers, j'aurais eu l'air de la mascotte de l'équipe.

J'attends impatiemment la poussée de croissance que maman me promet depuis bientôt trois ans, mais rien ne se produit. Et quand je dis *rien*, je n'exagère pas. Après tout, j'ai des preuves là, sur le mur.

Je croise les doigts davantage pendant que maman s'approche du nouveau trait de crayon pour inscrire la date. Je ne me retourne pas pour regarder, craignant que ça me porte malchance.

Mais je demande finalement :

— Et puis?

— Mmmmm… à peine un cheveu, dit maman en grimaçant légèrement.

Ça n'augure rien de bon. J'insiste.

— Un cheveu ou un poil?

Elle hésite.

— En fait, c'est sans doute plutôt un poil, chéri.

Vite, je pivote sur moi-même pour voir où se trouve le dernier trait. C'est dingue! Maman peut à peine écrire la date, parce que le nouveau trait se trouve exactement au même endroit que celui du mois dernier. J'ai la même taille minable qu'il y a 30 jours! Ce n'est même pas un cheveu!

Évidemment, ç'aurait pu être pire. Parfois, elle doit me mesurer de nouveau parce que je semble avoir rapetissé et quand ça se produit, j'en perds le sommeil. En sept mois, je n'ai grandi que de deux centimètres et même si maman cherche gentiment à me convaincre du changement énorme que ça représente, on ne me fera pas croire que deux malheureux centimètres suffisent à transformer qui que ce soit.

— Génial, dis-je d'un ton amer.

Léa Patterson et moi sommes les plus petits de notre niveau. Et même si nous avons exactement la même taille, elle possède un avantage sur moi. Si elle porte certaines chaussures ou si elle ramasse sa chevelure en une espèce de chignon rigolo sur le dessus de la tête, elle est carrément plus grande.

Alors, qu'est-ce que je peux faire? Porter des chaussettes super épaisses? Me coiffer avec des pics dans les cheveux?

— Je suis désolée, mon chéri, dit maman en me frottant le dos.

Et quelques instants plus tard, elle ajoute :

— Tu sais, je crois vraiment que nous devrions plutôt te mesurer tous les deux ou trois mois.

— Pas question, dis-je avec entêtement.

— Jonathan, ce n'est pas la peine de t'en faire avec ça.

Je la regarde comme si elle était dingue et elle me tire vers elle pour me faire un gros câlin. Je la laisse s'exprimer parce qu'il faut bien parfois permettre à une mère de serrer son enfant dans ses bras (et aussi parce que ça me plaît bien).

— Tu es bien plus grand que tu l'étais l'an dernier, chuchote-t-elle.

— Ouais, le gazon aussi, dis-je entre mes dents.

Il m'arrive parfois d'espérer que la croissance que j'ai ratée jusqu'ici me rattrape tout d'un coup. Je rêve de me réveiller un matin et de sortir du lit en ayant l'impression de me trouver très loin du sol, comme au sommet d'un escalier. Ou mieux encore : d'atteindre les armoires du haut de la cuisine sans avoir besoin de ce maudit tabouret de bois.

Évidemment, je sais que si je grandissais beaucoup du jour au lendemain, je serais bizarre et je manquerais de coordination au point de ne plus pouvoir contrôler mes membres. N'empêche, si une magie comme celle-là se produisait, je trouverais un moyen de m'adapter, c'est certain. Si ma méga-poussée de croissance se produisait, je dépasserais d'une tête tous les autres élèves à l'arrêt d'autobus et M. Séguin, qui enseigne l'éducation physique en sixième année et est entraîneur de basketball, me suivrait dans le couloir à l'heure du dîner en me suppliant de faire des essais. Ou peut-être qu'il serait tellement impressionné par ma taille de mutant digne du livre *Guinness* des records qu'il escamoterait les essais et me placerait automatiquement comme partant.

Évidemment, il va sans dire que si je veux grandir, ce n'est pas pour jouer au basketball.

Après tout, le hockey, c'est ma vie.

Quand je suis sur la patinoire, j'oublie tout le reste. Comme l'autre matin, lorsque j'étais hors d'haleine et en sueur, un bâton à la main. Lorsque je joue, je suis parfaitement heureux. Peu importe que nous fassions des exercices, que nous soyons en train de vaincre les Lions de Lewis (nous les écrasons toujours) ou qu'il n'y ait dans les gradins que quelques mères occupées à boire leur café et à bavarder au lieu de nous regarder nous entraîner. Je peux toujours faire semblant de me trouver à l'aréna Rogers arborant le chandail des Canucks et patinant de toutes mes forces pour gagner la Coupe Stanley.

— Laisse-moi deviner, dit papa en ouvrant le frigo. Six

centimètres?

— J'aurais bien voulu, dis-je en grognant.

— Ne t'en fais pas, dit-il en sortant un carton de lait.

Il pose le lait sur le plan de travail et me tapote la tête.

— Tu vas y arriver, Croquette.

Pendant qu'il remplit son verre, je lui rappelle que je m'appelle JT.

— JT, répète-t-il en me faisant un clin d'œil.

Virginie finit par raccrocher le téléphone, regarde le mur, puis se tourne vers moi.

— Ce n'est pas la fin du monde, *JT*. Oublie cette histoire de taille.

Facile à dire pour elle. Elle est déjà plus grande que maman et elle craint de dépasser 1,80 mètre à 17 ans. Elle est la vedette de l'équipe de volleyball.

— Je sais, mais...

— C'est une question de rapidité et d'habileté, déclare-t-elle.

— Je suis rapide et habile!

— Alors de quoi te plains-tu?

— Virginie, la met en garde maman, pourrais-tu finir de plier le linge en haut pour moi?

Ma sœur se dirige vers la porte pendant que je fixe le mur. J'aurais tant voulu que la marque de crayon se trouve 30 centimètres plus haut!

— Si la taille a tant d'importance pour toi, tu ferais peut-être mieux de laisser tomber le hockey et de devenir jockey, lance-t-elle en sortant.

— Et toi, tu pourrais devenir girafe, dis-je en marmonnant.

Elle s'arrête net et me jette un regard de mépris.

— Qu'est-ce que tu as dit?

— Rien.

Je sais d'expérience la facilité qu'elle a pour me piquer au vif.

* * *

De retour dans ma chambre, j'essaie de chasser ma frustration et ma déception. Je grandirai peut-être un peu plus le mois prochain pour compenser. Tout est possible, pas vrai? Ma journée l'a bien démontré, puisque King Kong est sur le point de devenir mon tuteur de maths.

Je me jette sur mon lit et me plonge dans la lecture des deux premiers chapitres de *Vingt mille lieues sous les mers*, très étonné de découvrir que j'aime bien l'histoire. En fait, je suis curieux de découvrir ce qui va se passer et je continuerais volontiers de lire, mais je sais que j'ai un devoir de maths à faire.

Notre devoir consiste en une pleine page de calcul de pourcentages et en plus, je dois faire le travail supplémentaire que le prof m'a donné. Après m'être débattu pendant presque une heure avec ces pourcentages infernaux, j'ai le cerveau en bouillie. Je ne suis pas sûr de toutes mes réponses, mais je me dis que si j'en réussis la moitié, ce sera déjà suffisant.

Après tout, la note de passage est de cinquante.

Je suis sur le point de m'attaquer à mon devoir supplémentaire, lorsque je constate qu'il est huit heures trois.

Zut!

Je recule la chaise de mon pupitre, attrape *Et c'est le but! Troisième édition* et redescends au pas de course à la cuisine.

Appuyée au mur, Virginie jacasse encore au téléphone. Je traîne le tabouret d'un bout à l'autre de la pièce, et grimpe dessus pour atteindre la radio sur le frigo.

— Qu'est-ce que tu fais? demande Virginie d'un ton tranchant.

Ça me paraît évident.

— J'allume la radio.

— Je suis au *téléphone*, Croquette.

— C'est un *sans fil*, Virginie.

— Rien, marmonne-t-elle dans le récepteur en quittant la pièce. Ce n'est que mon petit frère agaçant.

Je tourne le cadran jusqu'à ce que je trouve Radio-Hockey puis, prêt à foncer, je m'installe à la table avec mon livre et un carnet de notes. Après un message publicitaire du Royaume du matelas, un gars appelé le Grand Dan vient parler des Ducks d'Anaheim qui ont échangé Yuri Karanov contre Paul McFarland *et* Chris Marchand.

Il lui faut quelques minutes avant d'en arriver au concours du jeu-questionnaire, mais quand il en parle, je gribouille le numéro de téléphone dans mon carnet.

Le téléphone! Virginie est pendue au satané téléphone!

Pourquoi ma famille ne peut-elle pas imiter le reste de la planète et se munir de téléphones cellulaires? Évidemment, je connais la réponse et j'entends presque la voix de ma mère dans ma tête : « Parce que les textos pourrissent le cerveau. »

Je parcours la cuisine du regard dans un état de panique, jusqu'au moment où j'entends de nouveau la voix du grand Dan : « Mais rappelez-vous, vous ne pouvez gagner qu'une seule fois. »

Je m'arrête net lorsque je me rends compte que je n'ai pas besoin du téléphone pour gagner un livre ou un chandail de hockey en coton ouaté. Pas lorsque je peux attendre et courir la chance de gagner des billets et un tir de la ligne rouge!

Je peux cesser de retenir mon souffle.

Ouf!

Mais je me dis que le fait de répondre aux questions sera un excellent entraînement avant la question du premier prix.

Une autre série de publicités, et le Grand Dan nous revient :

« À présent, amateurs de sport, c'est le moment de la question du jour. Vous êtes prêts? »

— Oui! dis-je dans la pièce vide.

— Qu'est-ce que tu fais? demande papa derrière moi.

— Chuuut, c'est un concours, dis-je à voix basse en montrant du doigt la radio.

— D'accord, chuchote à son tour papa en passant près de moi pour se servir un verre d'eau.

« Alors, la question de ce soir, dit le Grand Dan, permet de gagner un chandail des Canucks en coton ouaté. »

Les cris d'une foule en délire retentissent dans les haut-parleurs.

« Le septième appel sera le gagnant, à condition que notre

auditeur nous dise pour quelle équipe jouait Bobby Hull avant de se joindre aux Jets de Winnipeg. »

J'ouvre vivement *Et c'est le but! Troisième édition* et je me mets à parcourir les pages.

Zut!

Je suis sur la liste d'attente pour la biographie de Bobby Hull à la bibliothèque municipale.

— Les Blackhawks de Chicago, dit papa en s'appuyant sur le plan de travail avec son verre d'eau.

Je sors le nez du livre et je le regarde avec de grands yeux.

— Tu en es sûr?

— Oui, dit-il en riant. Ça fait longtemps que je m'intéresse au hockey, fiston. Je suis sûr.

Nous restons silencieux en attendant que le septième auditeur réponde à la question.

« Radio-Hockey bonsoir! » dit le Grand Dan.

« Salut, le Grand Dan. Ici Mike, de Saanich. »

« Mike de Saanich, avez-vous la réponse qui vous permettra de gagner ce chandail des Canucks en coton ouaté? »

« Est-ce que ce seraient les Rangers? »

Une sonnerie aiguë se fait entendre dans les haut-parleurs.

« Ouille, désolé Mike. On passe à l'appel suivant. »

— Les Blackhawks de Chicago, dit encore papa en secouant la tête.

« Ici Jim, de Nanaimo. »

« Hello Jim, dit le Grand Dan. Pour un super chandail des Canucks en coton ouaté, quelle est votre réponse? »

« Les Blackhawks de Chicago. »

Des sons de cloches et de sifflets remplissent la cuisine.

« Nous avons un gagnant, mesdames et messieurs! »

— Tu avais raison, dis-je en souriant à papa.

— Je n'ai pas que la beauté, j'ai l'intelligence, aussi, dit papa en haussant les épaules.

— Le concours a lieu tous les soirs.

— Intéressant, dit papa.

Il esquisse un sourire et s'apprête à quitter la pièce. Juste avant de passer la porte, il fait une révérence et dit d'une voix profonde :

— Je vous remercie, mesdames et messieurs. Je serai ici toute la semaine. Merci, merci.

N'importe quoi!

Je me sers un verre de lait et monte travailler à mon devoir supplémentaire. Mais je ne tarde pas à me plonger plutôt dans *Et c'est le but! Troisième édition*. Où est cette satanée quatrième édition? Il me la *faut*!

Pour chacun des faits que je connais sur le hockey, il y en a sans doute des centaines que je ne connais pas. La première question du concours me l'a déjà démontré. Bien sûr, je connais bien des statistiques sur mes joueurs préférés et j'en connais davantage que tous mes amis sur les anciens joueurs dont j'ai lu la biographie. Mais si la question du chandail est aussi difficile, je ne connaîtrai sûrement pas la réponse à la question du grand prix?

Je laisse tomber le brossage de dents, enfile mon pyjama et m'installe dans mon lit. Lentement, je tourne les pages en lisant les anecdotes du passé, à l'époque où les Canadiens étaient surnommés les Habs et où Anaheim n'avait pas encore d'équipe. Puis, je lis des faits sur des joueurs en particulier comme Mario Lemieux, Sergei Federov et Wayne Gretzky, ce qui me fait rêver.

Et si je devenais non seulement un joueur de la LNH, mais une légende? Qu'est-ce que ce serait, d'avoir ma photo sur la couverture d'un magazine? De voir mon nom sur le chandail d'un partisan? De me faire demander des autographes? Et si ma famille se trouvait dans les gradins pour m'appuyer avec fougue pendant que je lutterais pour remporter la Coupe Stanley? Bon sang, je serais déjà assez énervé d'assister à une partie, qu'est-ce que ce serait si je devenais un joueur?

Ce serait la chose la plus extraordinaire sur la planète.

Alors que mes paupières commencent à devenir lourdes et que les mots se brouillent dans ma tête, on frappe doucement à ma porte.

— Tu ne dors pas encore? demande maman en ouvrant. Il est dix heures passées, chéri.

— Je lisais, dis-je d'une voix ensommeillée alors que mes yeux se ferment.

— Tu as un entraînement demain matin, Jonathan. Il faut dormir.

— Oui, je vais dormir.

— Est-ce que tous tes devoirs sont faits?

— Mmmhmm.

Je n'ai pas terminé le devoir supplémentaire, mais je vais sans doute pouvoir le faire à la récréation, ou un truc du genre.

— Tu as préparé ton sac pour l'entraînement?

Je ne l'ai pas fait, mais je peux facilement rassembler mes affaires demain matin.

— Mmmhmm.

Je sens sa main se poser sur mon front et pousser mes cheveux sur le côté pour qu'elle puisse me donner un baiser.

— Bonne nuit, ma petite Croquette, murmure-t-elle.

Pour une fois, le surnom ne m'ennuie pas.

Croquette McDonald lance... et c'est le but!

Je remonte les couvertures jusqu'à mon cou, puis j'éteins ma lampe de chevet. Les statistiques des équipes et des joueurs continuent de tourner dans ma tête.

La journée a été longue et rude et je pourrais aisément dormir pendant des centaines d'années... si mon réveil n'était pas réglé pour cinq heures.

Chapitre cinq

Quand mon réveil se met à sonner, j'ai l'impression que mes paupières ne peuvent pas s'ouvrir, comme si pendant la nuit, j'avais été victime d'une attaque au bâton de colle. Je me frotte donc les yeux très fort et me glisse hors du lit.

— Tu es debout? demande maman, en tapotant légèrement sur ma porte.

— Mmrrmpf.

C'est tout ce que j'arrive à dire.

— Dépêche-toi, Jonathan! lance-t-elle en s'éloignant dans le couloir.

En général, je n'ai pas de difficulté à me lever pour l'entraînement, mais ce matin, c'est pénible. Tous mes tracas, d'Émile Bosco aux mathématiques, sont comme des boulets attachés à mes chevilles et j'ai du mal à lever les pieds.

L'éclairage de la salle de bains me paraît trop vif et je dois plisser les yeux pour me brosser les dents. Heureusement, l'eau de la douche est à la température parfaite... jusqu'à ce que quelqu'un tire la chasse d'eau, en bas.

— Raaargh, ça brûle!

Je me colle contre le carrelage en allongeant le bras pour fermer le robinet d'eau chaude.

Je me dis que je suis assez propre, même s'il me reste encore du shampooing dans les cheveux. Il y a à peine dix minutes que je suis réveillé, et je sais déjà qu'aujourd'hui ne sera pas un bon jour.

Je retourne dans ma chambre, m'habille en vitesse, puis me précipite dans le vestibule pour préparer mon équipement de hockey. J'entasse tout dans mon sac aussi vite que je le peux pour que maman ne se rende pas compte que je ne m'en suis pas occupé hier soir. Je trouve tout ce qu'il me faut, sauf mes bas de hockey rayés rouge et noir. Je remonte au pas de course dans ma chambre, mais je ne les vois nulle part. J'aurais dû tout préparer hier!

— Est-ce que tu es prêt? demande maman au bas de l'escalier.

— Presque!

— J'essaie de dormir! crie Virginie derrière sa porte fermée.

— Désolé! dis-je.

— Je ne veux pas que tu sois *désolé,* je veux *que tu te taises*.

— Du calme, Vivi, dit papa en passant près de sa porte. Croquette, maman t'attend.

— Je sais. J'arrive.

Mais où sont donc ces maudits bas? J'ai beau vérifier sous le lit, dans mon sac d'école, et même dans les jambes du jean que j'ai laissé tomber sur le plancher, ils ne sont nulle part.

— Il est cinq heures trente! lance maman depuis la cuisine.

— Et j'essaie toujours de dormir! crie Virginie.

J'abandonne les recherches et redescends.

Dans la cuisine, mon dîner m'attend sur la table, juste à côté du sandwich au beurre d'arachide que je vais manger pour déjeuner.

Je passe aux aveux en m'emparant du sandwich :

— Je n'arrive pas à trouver mes bas de hockey.

— Ils sont au lavage, dit maman.

Quoi?

— Mais… je ne t'ai pas demandé de les laver.

Ma mère se tourne vers moi. Elle a les mains sur les hanches, ce qui n'est jamais bon signe. Cela semble se produire vraiment souvent, depuis quelque temps.

— Non, tu ne me l'as pas demandé, mais ces bas se déplaçaient presque tout seuls en suppliant qu'on les lave.

— Mais j'en ai besoin pour l'entraînement, aujourd'hui.

— Eh bien, je viens de les mettre dans la sécheuse. Ils sont tout mouillés.

— Mais...

— Pourquoi n'as-tu pas fait ton sac hier? demande papa en se versant un café.

Génial, ils se mettent à deux contre moi. Encore une chose qui a tendance à se produire souvent, ces derniers temps.

— Je faisais mes devoirs, lui dis-je en sachant que ce n'est pas tout à fait vrai.

— Non, tu étais ici et tu écoutais la radio, dit maman.

Avait-elle lavé les bas pour me punir? Et si oui, dans quelle espèce de famille de fous étais-je tombé?

— Ce n'était que quelques minutes, juste pour le temps du concours.

— Le concours? interroge-t-elle les sourcils froncés.

— Un jeu-questionnaire sur le hockey, dit papa.

Il prend une gorgée de café, puis se penche pour l'embrasser sur la joue.

— Un concours, soupire maman. Espérons que ce grand prix consiste à obtenir la note de passage en maths.

— C'est encore mieux que ça, dis-je. Deux billets pour un match des Canucks et la chance de faire un tir de la ligne rouge. Pour de l'argent et des prix.

— C'est vrai? demande papa. Un tir de la ligne rouge? Je croyais que c'était seulement pour de la marchandise.

— Non.

— L'aréna Rogers, hein? C'est vraiment tout un prix, ça!

— Ne l'encourage pas, Paul, soupire maman.

C'est assez étrange d'entendre une chose pareille, parce qu'on sait que les parents sont censés encourager leurs enfants.

— Alors, qu'est-ce que je fais pour les bas?

— Tu n'en as qu'une paire? demande maman.

— Oui.

— Pourquoi est-ce que tu ne m'as pas dit qu'il t'en fallait d'autres?

— Parce que je ne m'attendais pas à ce que tu me voles les

miens juste au moment où j'en ai besoin, dis-je en mordant dans mon sandwich.

Dès que je prononce ces paroles, je le regrette, mais c'est trop tard. La température de la pièce vient de tomber d'au moins dix degrés.

En deux secondes.

Aïe!

Maman et papa me regardent tous les deux.

— Désolé. Je voulais dire…

— Que tu aimerais commencer à prendre la responsabilité de ta lessive? demande maman.

Son ton semblerait gentil à une personne qui ne la connaît pas bien. Mais je la connais bien.

— Euh…

— À moins que tu préfères préparer toi-même tes dîners pour l'école? suggère papa.

Ni l'une, ni l'autre de ces propositions ne semble très intéressante.

— Euh…

Je ne suis pas assez rapide et c'est maman qui remporte ce « deux contre un. »

— Au fond, le mieux serait peut-être que tu t'en tiennes à notre plan initial et que tu prépares ton sac la veille de l'entraînement, dit-elle, un sourcil levé.

J'acquiesce.

— Ce serait bien.

— Oui, dit papa. C'est toujours bien d'avoir un plan.

Maman plonge la main dans son sac pour y pêcher ses clés.

— En attendant, tu peux aller chercher tes nouveaux bas. Ils sont dans le tiroir du bas de ta commode.

Je me tourne pour remonter à ma chambre, puis m'arrête net.

Est-ce que j'ai bien compris?

— J'ai des nouveaux bas?

— Deux paires, dit-elle, comme si je ne venais pas de « sauter une coche » parce que je n'avais pas de bas. Je les ai achetés à la fin de la saison dernière.

Bon sang, elle est vraiment rusée! Je fonce dans l'escalier et en cours de route, j'ai la bonne idée de lui lancer un « Merci maman! » bien sonore.

— La ferme, Croquette! crie Virginie de sa chambre.

Je grogne :

— JT.

Je saisis mes bas, qui sont encore dans leur emballage, et je file au rez-de-chaussée les fourrer dans mon sac de hockey.

— Tu es prêt? demande maman en m'ouvrant la porte.

— Ouais! lui dis-je en soulevant mon énorme sac.

Je manque de tomber à la renverse. Il est tellement lourd.

— Qu'est-ce que tu as dans les cheveux? demande papa.

— Rien, dis-je en me tournant vers la porte.

— Je t'assure, tu as des bulles sur la tête.

Je soupire.

— C'est du shampooing. Quelqu'un a tiré la chasse d'eau pendant que j'étais sous la douche.

Maman approche la tasse de café de sa bouche en essayant de dissimuler un fou rire.

— Ce n'est pas drôle.

— Tu as raison, dit-elle en se raclant la gorge. C'est moi qui ai tiré la chasse d'eau. Je suis désolée, chéri. Je n'ai pas réfléchi.

— Bon entraînement! dit papa.

Puis il se met à chanter une chanson bizarre dans laquelle il est question de bulles minuscules.

Je crois qu'il l'a inventée... jusqu'à ce que maman se mette à la chanter aussi. Je glisse la portière de la fourgonnette derrière moi en me félicitant qu'il n'y ait aucun passant dans les parages. Au moment où la portière se referme, j'entends Virginie crier de nouveau :

— Non, mais c'est quoi cette chanson? J'essaie de dormir, moi!

Durant les premières minutes du parcours, maman reste silencieuse. J'espère qu'elle n'est pas fâchée contre moi.

— Merci encore pour les bas, m'man.

— De rien.

Je regarde par la fenêtre et réfléchis quelques instants. L'achat des bas n'est pas la seule chose gentille qu'elle a faite pour moi, dernièrement. Je viens de terminer un sandwich au beurre d'arachide qu'elle m'a préparé en se levant de bonne heure. Alors j'ajoute :

— Et merci aussi pour toutes les autres choses que tu fais.

— C'est ça, être une maman, dit-elle en allongeant le bras pour me serrer un genou.

— La mère de Louis ne fait pas tout ça, dis-je.

C'est alors que je me réveille.

Louis!

— Zut!

— Quoi? demande maman en appuyant sur le frein.

— Louis a besoin qu'on l'emmène à l'aréna!

Je n'arrive pas à croire que je l'ai oublié.

Maman sursaute :

— Aujourd'hui?

— Oui. Euh… tout de suite.

— Seigneur! grogne-t-elle en faisant demi-tour pour retourner le chercher. Pourquoi est-ce que je n'étais pas au courant de ça?

— Il me l'a demandé hier seulement.

— Tu ne réponds pas à la question, dit-elle en me jetant un regard en biais.

Je pousse un soupir.

— Parce que j'ai oublié de te le demander.

— Tu oublies pas mal de choses récemment, Jonathan. Dis-moi au moins que tu as pensé à faire ton devoir de maths.

— Je l'ai fait, dis-je en hochant la tête.

J'ai fait au moins le devoir ordinaire, en tout cas. Le travail supplémentaire était une mauvaise idée. Pourquoi est-ce que j'ai demandé une chose pareille? Est-ce que j'aurai vraiment assez d'une récréation de 15 minutes pour le terminer? Et sinon, est-ce qu'il comptera comme un devoir non fait, ou seulement comme une occasion ratée de regagner l'estime de M. Houle?

Avant que j'aie eu le temps d'y réfléchir réellement, nous sommes devant la maison de Louis. Heureusement, la lumière de la cuisine est allumée chez les Claveau et je vois mon ami debout à la fenêtre qui nous attend. Je l'aide à charger son sac à l'arrière de la fourgonnette, puis il monte et s'installe à côté de moi. Il a l'air d'avoir les paupières collées lui aussi.

— Merci Mme McDonald, dit Louis en bouclant sa ceinture.

— Pas de problème, répond ma mère.

Mais elle me regarde un instant dans le rétroviseur et j'ai la nette impression que le sujet n'est pas clos.

* * *

L'entraînement est complètement dingue et je ne dis pas ça parce que je me suis écrasé la tête sur la glace pendant les exercices de patinage et je me suis relevé le nez en sang. Je le dis parce que l'entraîneur O'Neal nous a déclaré qu'il était temps de commencer à prendre le jeu au sérieux, ce qui signifie patiner de toutes nos forces le plus rapidement possible jusqu'à la fin des temps.

Je croyais que mon entraînement de l'été dernier me donnerait une bonne longueur d'avance sur les autres et je n'avais pas tort. Par contre, il ne se révèle pas aussi efficace devant l'entraîneur.

— Allez, on talonne, on ne lâche pas l'adversaire! crie-t-il entre deux coups de sifflet.

— C'est ce que je *fais*, grogne Colin à mon intention.

Je grogne à mon tour :

— Moi aussi!

— Bayview ne ralentira pas pour vous faire plaisir, la semaine prochaine, les gars, lance l'entraîneur.

— On le sait! marmonnons-nous à l'unisson, Colin et moi.

— Il vous reste trois jours avant de leur faire face. Vous voulez gagner?

On entend un ou deux « oui » timides.

— Et tous les autres, vous dites quoi? hurle l'entraîneur.

Nous murmurons « oui ».

— Je ne vous entends toujours pas.

— Oui!

Cette fois, nous l'avons crié haut et fort.

Durant une grande partie de l'entraînement, j'ai l'impression d'avoir l'esprit trop occupé pour me concentrer correctement. Avant ces dernières 24 heures, la vie était simple et agréable, mais maintenant, on dirait que tout dégringole, en particulier à la patinoire. Je devrais être indélogeable comme ailier droit du premier trio depuis le temps que je fais partie de l'équipe de l'entraîneur. Sans même tenir compte de l'entraînement supplémentaire que j'ai fait cet été, je devrais conserver ma position, un point c'est tout.

Émile Bosco est venu tout gâcher.

Ce sera un joueur difficile à battre. Il est bon, il est fort et il a l'avantage de la taille. *Et en plus, il va devenir mon tuteur?* Et je vais être coincé à passer du temps avec lui hors de la patinoire? C'est franchement dégueu, mais je ne peux rien y faire.

Et pendant qu'il est question des choses sur lesquelles je n'ai aucun contrôle, il y a le fait que je ne grandis pas du tout. Et si j'ai encore la taille d'un enfant de huit ans quand j'en aurai 17... ou 70?

Jules m'ôte la rondelle pendant la mêlée et compte son deuxième but.

Zut!

Du coin de l'œil, je vois Émile Bosco faire une mise en échec à Louis, qui se prend les pieds dans ses propres patins et s'écrase sur la glace. Émile fait la même chose à Patrick Chen, l'un des seuls gars de l'équipe qui l'aime bien. Patrick arrive à se maintenir debout, mais à peine. En fait, il semble plutôt sonné, après la manœuvre de Bosco.

Et c'est ce monstre qui va m'aider en maths? M'expliquer lentement tous les calculs qui n'ont pas de sens?

J'en doute sérieusement, d'autant qu'il m'a projeté sur la bande trois fois en cinq minutes et un peu plus fort chaque fois.

Je ne lui ai pas donné la satisfaction de lui montrer que j'avais mal et mon visage est resté complètement impassible, tout comme le sien. À un moment, j'ai tenté de ricaner, mais j'ai dû avoir l'air de grimacer, parce que j'ai le coude en feu malgré mon protège-coude.

Après la dernière mise en échec, je m'élance vers la rondelle comme si elle était la clé qui permet de rétablir tout ce qui va de travers. J'en oublie ma fatigue et je ne songe pas un instant que j'aurai mal partout demain matin. Je me pousse à fond... et je bouscule aussi tous ceux qui se trouvent sur mon passage.

Malheureusement, Louis est du nombre. Il se frotte l'épaule et me lance des regards mauvais quand l'entraînement tire à sa fin.

— Bon sang, Croquette! C'est quoi, ton problème? demande-t-il au moment où l'entraîneur O'Neal siffle le retour au vestiaire.

— Désolé, dis-je. Je ne l'ai pas fait exprès.

— Ouais, mais ça fait mal quand même, répond-il en patinant vers la ligne rouge.

— On se rapproche, dit l'entraîneur en tapant silencieusement des mains.

Il a l'air d'oublier qu'il porte des gants.

L'équipe forme un cercle et je constate que nous suons tous à grosses gouttes, même Émile Bosco. Au moins, c'est un bon signe. J'agite mes orteils et ils semblent suer aussi. Si après le premier entraînement, mes bas tenaient tout seuls, cette fois, ils vont danser dans la salle de lavage!

— Je sais que je vous ai poussés à bloc aujourd'hui, les gars, dit l'entraîneur pendant que nous l'écoutons en essayant de reprendre notre souffle. Et vous savez que je l'ai fait pour votre bien.

Quelques gars font un signe de tête affirmatif.

— Ce n'est pas parce que nous avons battu Bayview deux fois l'an dernier que nous pouvons nous reposer sur nos lauriers, et...

— Nos quoi? demande Louis.

— Nos lauriers, répond l'entraîneur, mais ne vous inquiétez pas de ça pour l'instant. Dites-vous seulement que Bayview est en quête d'une victoire. La dernière saison cette équipe a démontré qu'il lui reste à faire ses preuves.

— En effet, chuchote Jules.

L'entraîneur secoue la tête. Puis il reprend :

— Mais vous aussi, vous devez faire vos preuves, les gars. Une bonne équipe cherche toujours des façons de s'améliorer. Ça signifie qu'il faut vous pousser, même si vous avez l'impression que ce n'est pas nécessaire.

L'entraîneur nous regarde tous droit dans les yeux l'un après l'autre. Quand mon tour arrive, je fais de mon mieux pour lui renvoyer un regard déterminé, ce qui m'oblige à plisser un peu les yeux.

— As-tu besoin de lunettes, Croquette? me chuchote Colin.

Je lui fais signe que non et j'arrête de plisser les yeux. Je vais devoir améliorer mon regard déterminé, on dirait.

— C'est bon, dit l'entraîneur en hochant lentement la tête. On se revoit vendredi matin, à l'heure et en forme!

Chapitre six

Même si je sais que je passe autant de temps dans chaque cours, j'ai quand même l'impression d'en passer beaucoup plus dans la classe de M. Houle. Pire encore : je tire toujours de la patte dans les calculs sans queue ni tête qu'il nous explique.

Pendant qu'il aligne plein de chiffres au tableau, Chloé Tanaka circule dans les rangées pour ramasser les devoirs. En lissant la feuille d'équations froissée que j'ai jetée au fond de mon sac à dos, j'ai un mauvais pressentiment. Et ce pressentiment devient encore plus net quand je me rappelle que j'ai passé la récréation à jouer au hockey dans le stationnement des autobus scolaires plutôt que de plancher sur mon travail supplémentaire.

Zut.

J'ai honte de ce devoir tout fripé. Hier soir, quand je l'ai fait, il me semblait que ce serait suffisant d'avoir trouvé la moitié des bonnes réponses. Mais s'il est à moitié juste, il est aussi à moitié faux. Ça, ce sont des calculs déprimants que j'arrive à faire!

Un autre du même genre?

La possibilité que M. Houle me donne un deuxième travail supplémentaire pour me permettre de me reprendre est d'environ zéro pour cent.

Il n'y a donc qu'une chose à faire : consacrer les deux prochaines minutes à essayer de m'en tirer. J'ouvre mon manuel à la bonne page, puis j'arrache une feuille de ma reliure. Où est mon crayon? Je plonge la main dans la poche avant de mon sac pour le trouver, mais je constate que Chloé Tanaka ne se trouve plus qu'à deux rangées de moi. Deux petites rangées!

Il faut que je me dépêche!

Je passe ma langue sur mes lèvres, soudain devenues sèches, et lis la première question.

Surprise, surprise. Elle n'a aucun sens (pour moi, en tout cas).

Je la relis alors que Chloé arrive à la rangée voisine. Mais plus je regarde ce problème, plus les chiffres et les lettres qu'il contient se mettent à ressembler aux hiéroglyphes que nous avons vus en photo dans la classe de M. Marchand. Des hiéroglyphes qu'un archéologue mettrait des années à décoder.

Et je ne suis pas archéologue.

— M. McDonald, dit M. Houle en me faisant sursauter sur mon siège. Vous semblez vouloir devancer toute la classe.

Devancer? J'essaie plutôt de la rattraper!

— Non, je... dis-je la gorge nouée.

Pourvu qu'il ne me demande pas d'aller au tableau.

— Je n'ai demandé à personne d'ouvrir le manuel et vous voilà déjà en train de travailler fébrilement.

— Je...

— Et si vous n'êtes pas en train de nous devancer, dit-il en me regardant par-dessus ses lunettes, j'ose espérer au moins que vous n'essayez pas de terminer un devoir.

— Non, je...

M. Houle s'adresse alors à toute la classe :

— Dites-moi, tout le monde : où faut-il faire ses devoirs?

— À la maison! répondent tous les élèves comme des robots.

Je murmure moi aussi la réponse avec les autres, puisqu'il nous l'a apprise dès le premier jour de classe.

Il acquiesce, s'avance dans la rangée et se dirige vers moi.

— Pas en classe, ni à la récréation, ni dans l'autobus, ni sur la banquette arrière de la fourgonnette familiale.

Mais est-ce qu'il m'espionne depuis le début de l'année?

Chloé Tanaka me lance un regard compatissant et je lui tends mon devoir chiffonné. Elle allonge le bras pour prendre la page sur laquelle je viens de gribouiller.

Je m'accroche à la feuille et secoue la tête pendant que M. Houle poursuit :

— Ni dans les minutes qui précèdent le cours, et certainement pas lorsque le cours a déjà commencé.

Le voilà maintenant debout à côté de mon bureau.

— Me suis-je bien fait comprendre, M. McDonald?

— Oui, lui dis-je.

Il jette un coup d'œil à la page ouverte de mon manuel et lève un sourcil en me regardant, exactement comme le fait ma mère.

— Je suppose que je ne dois pas m'attendre à trouver votre devoir supplémentaire parmi les copies que vient de ramasser Mlle Tanaka?

Je fais « non » de la tête lentement plutôt que de répondre.

— Est-ce une réponse négative, M. McDonald?

Je bafouille :

— Oui... je veux dire, non. Je veux dire non, vous ne le trouverez pas.

— Le « le » dont vous parlez est le devoir que vous m'aviez demandé afin de remplacer un autre devoir incomplet?

— Oui, lui dis-je d'une petite voix qui ressemble à un couinement.

M. Houle soupire, puis retourne vers le tableau.

Fiou!

Au moins, il ne m'a pas obligé à aller devant la classe.

— M. McDonald, dit-il en faisant subitement volte-face pour me regarder.

— Oui? dis-je d'une voix blanche.

— Venez me rejoindre en avant.

Zut!

Timothée Lacoste et Jason Kiniski ricanent tous les deux lorsque je passe en me traînant les pieds, marchant vers une mort certaine.

— Tu vas y arriver! me chuchote Louis.

Évidemment, comme il réussit encore moins bien que moi en maths, il est sans doute soulagé de ne pas être la cible de M. Houle.

Lorsque j'arrive au tableau et que je me retourne vers la classe, les trente visages que je connais depuis toujours ressemblent davantage à deux cents étrangers. Ils m'observent tous et attendent que je commette une gaffe. Mais je n'ai pas beaucoup de temps pour réfléchir à cela, parce que M. Houle me lance déjà des tas de chiffres. J'essaie de suivre l'histoire d'un groupe d'amis qui s'arrête à une distributrice pour acheter un paquet de sandwiches. J'ai vu une machine comme celle-là sur le traversier et je n'aurais jamais acheté l'un de ces sandwiches au jambon écrabouillés ou à la dinde sèche.

Oui, je le sais, la question n'est pas là.

Quelle est la question, d'ailleurs? C'est à propos d'un billet de 20 $ et d'un peu de monnaie. Est-ce qu'il a dit 5 copains et 3 sandwiches? Non, 6 sandwiches. Mon cerveau tourbillonne comme une tornade à l'intérieur de mon crâne. Dans la salle de classe, on entendrait voler une mouche. Je voudrais compter sur mes doigts, mais je n'arrive pas à décider si mon pouce doit représenter un sandwich ou une personne.

Pourquoi ne peut-il pas me poser une question sur le *hockey*, à la place?

— Nous attendons tous, M. McDonald.

Comme si je ne le savais pas. J'aurais préféré me trouver n'importe où ailleurs, même écrasé par un lutteur sumo ou jeté contre la bande par Émile Bosco. Je jette un coup d'œil à mon ennemi, qui m'observe encore une fois d'un regard vide comme s'il n'avait pas la moindre idée de qui j'étais. Comme s'il n'avait pas passé l'entraînement de ce matin à essayer de m'anéantir sur la glace.

Pauvre type.

Je me retourne pour faire face de nouveau au tableau, et c'est alors que j'entends Émile Bosco.

— Deux dollars cinquante, dit-il de sa voix d'homme.

— Vous souhaitez apporter votre contribution, M. Bosco? dit M. Houle en fronçant les sourcils.

Émile soupire.

— Les 6 sandwiches à 3,75 $ chacun coûteront 22,50 $. L'un des gars peut mettre ses 20 $ et les 4 autres doivent trouver les

2,50 $ restants. C'est la *réponse*.

M. Houle a soudain l'air de quelqu'un qui vient de manger un truc trop acide.

— Mais ce n'est pas à vous que s'adressait la *question*.

Émile Bosco hausse les épaules et je m'attends presque à l'entendre demander : « Et puis après, qu'est-ce que vous allez faire? »

Je reste au tableau comme un nul, tenant toujours ma craie et attendant qu'on m'indique ce que je dois faire.

M. Houle se racle la gorge.

— Retournez à votre place, M. McDonald.

Deux secondes plus tard, je suis de retour sur ma chaise en essayant de décider si Émile Bosco m'a sauvé la vie, ou s'il m'a humilié. Et même si ça me surprend, je penche vers le sauvetage.

Je passe le reste du cours à faire tout mon possible pour comprendre les problèmes que M. Houle explique au tableau et je m'efforce désespérément de comprendre pourquoi Émile Bosco m'aurait aidé.

* * *

Lorsque la cloche sonne, je saisis mes livres et me précipite dans le couloir pour le rattraper. Comme il mesure au moins 30 centimètres de plus que les autres, il est facile à suivre. Quand il s'arrête pour boire à la fontaine, j'attends qu'il prenne une dernière gorgée et qu'il se redresse. Puis je lui fais un petit signe de la main et je me sens tout de suite ridicule. Alors, je m'empresse de glisser la main dans ma poche.

Il s'essuie la bouche avec sa manche et me regarde.

— Je voulais seulement te remercier de m'avoir aidé tout à l'heure, dis-je d'une voix que je m'efforce de garder calme.

Pendant une dizaine de secondes qui m'apparaissent aussi longues que dix ans, il ne dit rien.

J'essaie de sourire.

Il soupire, puis se décide à parler.

— J'en ai eu assez de te voir planté là la bouche ouverte, muet comme une carpe au bout d'une ligne juste avant qu'on l'assomme d'un coup de bâton.

Je sens mon visage passer au cramoisi.

— Ah.

— C'était franchement navrant, dit-il.

Puis il se retourne vers la cafétéria.

Je le relance.

— Émile?

Il ne daigne même pas se retourner, mais répond, par-dessus son épaule :

— Ouais?

— Tu sais que tu vas être mon tuteur?

Je sens mes joues en feu comme si elles avaient été brûlées par le soleil. Mais je poursuis :

— J'ai besoin d'aide en maths.

Il s'arrête et me regarde fixement un long moment.

— Sans blague, dit-il.

Puis il s'éloigne.

* * *

Heureusement, ma journée s'améliore à la période d'éduc, puisque Mme Raymond nous permet de jouer au hockey en salle. Cinq des gars des Cougars sont dans ma classe, et nous sommes quatre à nous retrouver dans la même équipe, ce qui ne facilite pas la vie aux adversaires, en particulier aux filles.

Anne Richard et Marie Desmarais passent presque toute la partie à échanger des potins en tortillant leurs cheveux. Elles ne cessent leur babillage que pour hurler quand la rondelle orange leur passe devant à 500 kilomètres à l'heure, ce qui se produit une bonne vingtaine de fois. Quant aux autres filles, elles sont assez inutiles, elles aussi. Je sais que certaines d'entre elles sont d'excellentes patineuses, parce que j'ai vu les Danseuses sur glace de Cutter Bay s'entraîner à l'aréna, mais le patinage n'est qu'un aspect du hockey et sur le plancher du gymnase, elles ne font pas des étincelles.

Qu'est-ce qui peut bien pousser quelqu'un à gaspiller son temps de glace à tournoyer en combinaison brillante et à battre des bras en affichant un beau grand sourire? Moi, je n'ai jamais compris.

— Ici! Je suis tout seul! crie Justin.

Il se trouve juste devant le filet.

S'il est toujours tout seul, c'est parce qu'il est nul.

Patrick me passe la rondelle et je me précipite vers le filet adverse.

— Je suis tout seul! crie de nouveau Justin.

S'il n'arrête pas de l'annoncer, il ne sera pas tout seul longtemps.

— Croquette, ici!

Bon, bon, d'accord.

Je frappe légèrement la rondelle. Elle glisse vers Tamara, qui lève à peine le petit doigt pour l'intercepter, et arrive exactement aux pieds de Justin. Il s'élance comme s'il jouait au *golf*, et manque magistralement. Je relève mon bâton et fonce vers le filet, complètement sidéré de le voir rater son deuxième tir. Les autres s'entassent comme des abeilles et je ne dispose que de quelques secondes avant que quelqu'un s'empare de la rondelle. Je m'arrête brusquement derrière Justin, un peu comme Émile Bosco me l'a fait au premier entraînement, et je prends possession de la rondelle.

— Vas-y, Croquette! me crie Louis.

JT semble être une cause perdue. Je frappe la rondelle à gauche, déjoue Joël Kwan, puis file devant Samuel. Voilà, j'y suis. C'est Érica Briand qui garde le but. Elle ferme les yeux si fort, qu'un peu plus, et elle verrait derrière sa tête. Je pourrais compter de façon spectaculaire, mais j'ai pitié d'elle. Après tout, ce n'est pas sa faute, si elle est une fille.

Donc, plutôt que de me permettre un tir extravagant, je me contente de pousser la rondelle derrière elle pour compter en douceur, au grand plaisir de toute mon équipe qui manifeste bruyamment sa joie. C'est génial!

Après 20 minutes et 14 autres buts (dont cinq comptés par votre humble serviteur), Mme Raymond siffle pour mettre fin à la partie.

J'aurais voulu pouvoir jouer toute la journée.

Je me change avec les autres gars dans le vestiaire, où nous nous tapons dans les mains en nous réjouissant de notre victoire avant de nous disperser pour nous rendre au cours suivant.

Je compte déjà les heures qui me séparent de l'émission de radio du Grand Dan. J'ai glissé *Et c'est le but! Troisième édition* dans mon sac et j'y jette un coup d'œil durant le cours d'études sociales et le cours de français. Il faut s'entraîner pour atteindre la perfection, et qu'est-ce qui pourrait être plus parfait qu'un tir de la ligne rouge? Rien!

Au dîner, je m'assois avec Louis et Colin et comme d'habitude, je troque mes biscuits maison à l'avoine et aux raisins contre l'emballage de deux petits gâteaux au caramel de Louis. Maman hurlerait si elle me voyait en train de mordre à belles dents dans ce poison archi-sucré.

— Et puis, après les deux premiers entraînements de la saison, qu'est-ce que vous pensez de Bosco. Demande Colin.

Louis me jette un coup d'œil furtif avant de répondre.

— Rien de changé. C'est un minable.

Je renchéris :

— Un sale type.

— Peut-être, mais il sait jouer, dit Colin, après avoir pris une grosse bouchée de son sandwich à la dinde.

Sa mère y ajoute toujours de la sauce aux canneberges. C'est dégueu.

— Bien sûr, il est bon, dis-je. Mais c'est tout de même un sale type.

— Même à l'école, ajoute Louis en secouant la tête. Je lui ai dit bonjour hier et il a continué son chemin comme si de rien n'était.

— J'ai essayé d'être aimable moi aussi, dis-je, mais il m'a regardé sans dire un mot.

— Il a peut-être quelque chose qui ne fonctionne pas, propose Colin. Il n'est peut-être pas très rapide entre les oreilles.

J'hésite un instant avant de passer aux aveux, puis je décide qu'il vaut mieux qu'ils l'apprennent de ma bouche plutôt que de celle d'un autre.

Je soupire.

— Au contraire, c'est un génie. En maths, en tout cas. Et puis... en fait... il va être mon tuteur.

— C'est pas vrai! s'exclame Louis.

— Absolument, dis-je. À partir de demain.

— Mais tu n'as pas besoin de tuteur.

— Pas autant que toi, c'est sûr, Louis.

— Merci, dit-il, en ponctuant ses remerciements d'un coup de coude.

— Ma mère sait que j'ai de la difficulté en maths, alors...

— C'est brutal, ça! s'écrie Colin, le sandwich en arrêt devant sa bouche. Ta mère doit être diabolique.

— Mon gars, elle lui fait manger du pain multigrain, dit Louis. Elle est cruelle.

Il me jette un coup d'œil rapide.

— Désolé, Croquette. Mais tu vois ce que je veux dire, hein? Elle est parfois...

— En fait, j'aime le pain...

Mais Colin me coupe la parole.

— Le gars qui veut te voler ta position au hockey va devenir ton tuteu. Je n'en reviens pas!

Ouais. À dire vrai, je n'en reviens pas moi non plus.

Chapitre sept

Après l'école, je rentre à la maison à pied avec Louis, mais je ne perds pas de temps à bavarder au coin de la rue. La partie des Red Wings est présentée à sept heures, alors il me reste environ deux heures avant le souper pour étudier en vue du concours à huit heures et pour faire mes devoirs. Je n'ai vraiment pas trop de temps.

Après ce qu'Émile Bosco m'a dit à la fontaine aujourd'hui, j'ai décidé que s'il veut rire de mes habiletés en maths (enfin, de mon manque d'habileté), je ne vais tout de même pas aller jusqu'à lui donner des munitions supplémentaires. Ce qui veut dire que je dois essayer de comprendre autant de maths que possible avant la première rencontre de tutorat, prévue pour demain.

Je me verse un verre de lait et prends deux carrés au caroube dans le contenant de plastique avant de remonter à ma chambre.

Le jeu-questionnaire, puis les maths?

Je soupire.

Non. Les maths, puis le jeu-questionnaire.

Évidemment, je veux être prêt pour la question du jour du Grand Dan, mais même moi, je sais que les maths ont plus d'importance en ce moment, alors je me concentre. Je me concentre si fort et si longtemps à faire calcul après calcul, que j'ai l'impression que mon cerveau a chaud et que je vais me mettre à suer par les oreilles.

Il me faut une heure pour faire la première page du devoir et il me semble une fois encore que seulement la moitié de mes réponses sont justes.

Zut.

Je fais une pause et redescends me servir un verre de lait en me disant que mon cerveau aura probablement besoin de ces protéines.

De retour dans ma chambre, je passe à la deuxième page et me remets au travail. Je ne sais plus très bien à quel moment je me suis mis à trouver les maths aussi difficiles, mais j'aurais dû m'en apercevoir quand c'est arrivé. La plupart des autres élèves comprennent, mais moi, je suis toujours trop occupé à penser à autre chose en classe. Au hockey, par exemple.

Je tends le bras pour saisir *Et c'est le but! Troisième édition*, mais je m'arrête. Je dois rester concentré sur les maths.

Moi et ce qui reste de mon cerveau en fusion sommes très soulagés quand maman nous appelle pour souper.

— C'était bien tranquille, là-haut, commente papa.

Il me tend les ustensiles pour que je mette la table.

— Les devoirs, dis-je ne haussant les épaules.

— Ils vous en donnent pas mal, cette année, hein? dit-il en prenant des serviettes de table et en me suivant dans la salle à manger.

— Pas mal, oui.

Je fais le tour de la table en plaçant les couteaux et les fourchettes, pendant que maman et Virginie apportent le repas de la cuisine.

Maman a fait du pain de viande et même si c'est un plat que beaucoup de mes amis détestent, je trouve le sien génial.

— Maman, lui dis-je entre deux bouchées, c'est tellement bon qu'ils devraient en servir à la cafétéria de l'école.

— Est-ce que c'est censé être un compliment, ça? demande Virginie.

— Hmm-hmm.

— Jonathan! dit maman en levant un sourcil.

Bon, la police de la langue est de service. Depuis quand le souper en famille ressemble-t-il à la classe de M. Houle?

— Désolé, je voulais dire oui.

Maman sourit et allonge le bras pour m'ébouriffer les cheveux.

— Je suis contente qu'il te plaise, chéri.

— J'aurais aimé manger du poulet ou un truc du genre, soupire Virginie.

Elle déteste le pain de viande, mais je devine que c'est davantage le nom du plat que son goût qu'elle n'aime pas.

Le pain. De viande. Ça fait lourd.

Elle est comme ça, Virginie. Elle hait Jaromir Ponikarovsky juste parce qu'elle n'arrive pas à prononcer son nom correctement. Pourtant, c'est un joueur extraordinaire! Elle ne touche pas au lait si elle me voit en train de boire directement du contenant. Elle ne me laisse pas m'asseoir en avant dans la fourgonnette de maman. Jamais. Elle ne me dit pas bonjour en public.

Après la journée que je viens d'avoir, je ne suis pas d'humeur à supporter les caprices de ma grande sœur. Je verse encore du ketchup dans mon assiette et j'y trempe un gros morceau de pain de viande juteux.

— Beurk, c'est dégoûtant, ça! s'écrie Virginie.

Je me rappelle la fois où je suis entré dans le salon et où je l'ai prise sur le fait.

— Moins dégoûtant que d'échanger de la salive avec Simon Lampron en tout cas!

Virginie laisse retomber sa fourchette avec fracas.

— Quoi?

— Attends, je me trompe! C'était plutôt Simon *Lampion*, parce qu'en plus, c'était pas une 100 watts!

Celle-là, elle est bonne! Et je viens juste de l'inventer. J'ai hâte de la raconter à Louis!

— Jonathan! avertit papa.

— Quoi? dis-je en haussant les épaules. Le pain de viande est bien moins dégoûtant.

— Tu es tellement nul, déclare Virginie avec mépris.

— Juste parce que je joue au hockey sur glace et que tu préfères le hockey sur bouche?

Tiens. Une autre bonne blague!

Elle en a le souffle coupé et reste sans rien dire, la mâchoire pendante.

Si Émile Bosco la voyait, il nous prendrait pour une famille de carpes.

— Est-ce que vous allez le laisser me dire ça? demande Virginie en regardant d'abord maman, puis papa.

De petits morceaux de haricots verts sont coincés dans ses broches. Ça, c'est dégueu, mais je sens que j'ai intérêt à ne pas en rajouter.

— Bon, on se calme et on profite du repas, dit papa.

— Mais vous avez entendu ce qu'il a dit? insiste ma sœur.

Elle a le visage tout rouge et les yeux exorbités.

— Jonathan, je pense que tu dois des excuses à ta sœur, dit maman.

— Pourquoi?

— Euh, pour être né? propose Virginie.

— Virginie! prévient maman.

— C'est ça. Lui, il peut dire tout ce qu'il veut, et pas moi?

— Ces pommes de terre sont fantastiques, dit papa en passant l'assiette à Virginie. Maman nous a fait un excellent souper, pas vrai?

Mais Virginie ignore le plat.

— Je ne pourrai pas avaler une autre bouchée tant qu'il ne se sera pas excusé, dit-elle.

Maman et papa me regardent.

— Désolé, dis-je finalement. Vous pouvez me passer les haricots?

— C'est tout? demande Virginie.

Je réfléchis un instant.

— Et le poivre aussi, dis-je.

— Je veux dire les excuses, gronde ma sœur.

— Tu peux faire mieux que ça, Croquette, dit maman.

Je lui rappelle que je m'appelle JT, puis je me tourne vers Virginie et de mon air le plus sincère, je lui dis :

— Virginie, je suis vraiment désolé que tu aies fait du bouche-à-bouche avec Simon Lampron.

— Ça suffit! crie-t-elle en repoussant sa chaise et en se levant. Je ne le supporterai pas plus longtemps.

— Virginie, assieds-toi, dit maman.

— Pas question! réplique ma sœur en montant l'escalier à pas lourds comme une vraie adolescente qui joue les princesses outrées.

Elle claque la porte de sa chambre et c'est le silence total à table.

Je m'apprête à prendre une autre bouchée de pain de viande, lorsque je croise le regard de maman posé sur moi.

Oups!

— Mais pourquoi est-ce que tu as fait ça? demande-t-elle.

— Fait quoi?

— Tu le sais très bien, dit papa.

— Je ne sais pas.

Je soupire. En vérité, je voulais me venger de ma journée pourrie et Virginie était la cible la plus proche. Évidemment, mes parents ne vont pas comprendre ce genre d'explication, parce qu'ils croient que c'est facile, d'avoir onze ans.

Ha!

— Eh bien, termine ton souper et monte immédiatement dans ta chambre.

Je regarde l'horloge et constate qu'il est 6 h 37.

Je demande :

— Jusqu'à ce que la partie commence?

Maman s'étrangle de rire.

— Tu ne regardes pas la partie, ce soir.

— Quoi?

Je n'en crois pas mes oreilles.

— Après ce qui vient de se passer avec ta sœur, il n'est pas question que tu regardes le hockey.

J'ai l'impression de ne plus pouvoir respirer. Elle n'est pas sérieuse, tout de même?

— Mais… mais ce sont les Red Wings!

— Et puis après ce sont les Oilers, les Rangers, les Bruins, dit maman en comptant sur ses doigts. Le problème n'est pas là.

Elle se trompe complètement pour ce qui est du calendrier, mais ce n'est pas le problème non plus. Je me tourne vers ma seule chance, mais papa fait un signe de tête négatif.

— Je suis d'accord avec ta mère.

— Non, mais c'est une blague, dis-je la gorge serrée. Ce sont les Red Wings!

— Termine ton souper avant qu'il refroidisse, dit maman.

Je n'ai plus faim, tout à coup. Même pas pour du pain de viande. Je pousse la nourriture dans mon assiette durant quelques minutes en essayant de faire semblant de manger, mais personne n'est dupe.

Maman et papa bavardent en se racontant leur journée au travail comme s'ils ne venaient pas de détruire ma vie. Enfin, ma soirée, au moins.

C'en est trop!

— Je peux sortir de table?

— Oui, dit maman. Et prends l'assiette de ta sœur avec la tienne, s'il te plaît.

J'emporte les assiettes à la cuisine, les rince et les place dans le lave-vaisselle. Lorsque je repasse près de la table en me dirigeant vers ma cellule de prison, papa me dit :

— En montant, tu présenteras des excuses sincères à ta sœur.

— D'accord, dis-je d'une voix faible.

Je monte l'escalier et m'arrête quelques secondes avant de frapper à la porte de Virginie. Comme j'entends de la musique, je frappe plus fort.

— Quoi?

Je m'éclaircis la gorge.

— Je suis désolé, dis-je derrière la porte.

— Va-t'en! beugle-t-elle.

Et c'est ce que je fais. J'entre dans ma chambre et me laisse tomber sur le lit, parmi mes cahiers. Je n'ai plus envie de faire quoi que ce soit, et surtout pas des devoirs. Je regarde encore une fois mon travail de maths, puis j'ouvre *Vingt mille lieues sous les mers* et je me mets à lire.

Sans que je m'en aperçoive, il s'écoule presque une heure et demie. Ça semble plus incroyable que tout le reste de ma journée. Je n'en reviens pas. C'est la première fois qu'il m'arrive de me « perdre » dans ma lecture, et ça me plaît vraiment. Mme Fortier perdrait sans doute connaissance si elle savait que j'ai pris de l'avance dans ma lecture.

Je jette un coup d'œil à mon réveil.

Presque huit heures.

L'émission du Grand Dan commence.

Je saute du lit et me précipite au rez-de-chaussée, où j'entends la partie à la télé dans le salon. On dirait qu'un aimant gigantesque essaie de m'attirer de ce côté, mais je ne peux pas y aller. Quand mes parents disent non, ils ne changent pas d'avis. Je m'arrête un instant en essayant au moins d'entendre le pointage, mais papa a mis le son trop bas.

Zut!

Je fonce à la cuisine et grimpe sur le tabouret pour allumer la radio. J'appuie sur le bouton, puis je cherche le moyen de baisser le volume. Je tourne le cadran et capte au passage de mini-extraits de nouvelles et de musique, jusqu'à ce que j'arrive à Radio-Hockey.

Une tension s'installe dans tout mon corps.

La station de radio diffuse la partie!

Bien sûr, maman et papa ne m'ont pas interdit de l'écouter, mais je devine qu'ils ne me le permettraient pas. Écouter le concours est déjà audacieux de ma part.

« Nous allons maintenant profiter de cette interruption de la partie pour poser la question de ce soir », annonce le Grand Dan presque directement dans mon oreille.

— Oui! dis-je à voix basse.

« Pour un exemplaire autographié de *l'Histoire de la LNH*, par Kenny McElroy, nous espérons que le septième auditeur qui nous téléphonera saura nous dire quelle équipe a repêché Brett Hull. »

D'abord Bobby Hull, et à présent Brett?

Cette fois, je connais tout de suite la réponse. Je l'ai lue dans *Et c'est le but! Troisième édition* pendant le cours d'études sociales.

Ce sont les Flames de Calgary.

Un premier appel arrive une seconde ou deux plus tard. Bon sang, si les gens sont aussi rapides, je vais devoir m'entraîner à composer le numéro de la station en prévision du grand jour!

« Comment vous appelez-vous? demande le Grand Dan. »

« Carl, de Comox. »

« Bonsoir, Carl de Comox. Vous avez une réponse pour nous? »

Je chuchote :

— Les Flames de Calgary.

« Oui, j'ai une réponse. C'étaient les Blues. »

« Eh non, désolé, dit le Grand Dan. On passe à un autre appel. »

Cette fois, il s'agit d'une femme, « Franca, de Parksville. »

« Et quelle est votre réponse? »

« Les Flames de Calgary? »

« Bonne réponse! » s'écrie le Grand Dan.

J'éteins la radio en souriant, heureux d'avoir trouvé la réponse.

Avec l'aide de papa la veille, j'ai eu deux bonnes réponses sur deux. Cent pour cent, en version mathématique. Je m'entends presque déjà gagner le concours. J'entends la foule qui m'encourage alors que je m'approche de la ligne rouge. J'entends mon cœur battre au moment où je me prépare à lancer.

J'entends maman demander à papa s'il veut quelque chose à la cuisine!

Agile comme un chat, je saute sur le plancher sans faire le moindre bruit et remets le tabouret en place.

Je passe sur la pointe des pieds devant le salon et fonce vers ma chambre aussi vite et silencieusement que je le peux. Une fois en sécurité derrière ma porte fermée, je place *Et c'est le but! Troisième édition* sur ma table de chevet et m'oblige à ouvrir mon manuel de maths.

Chapitre huit

Je me réveille à cinq heures le lendemain matin et je suis à moitié sorti du lit, les orteils retroussés sous l'effet du froid, lorsque je me rappelle que nous sommes jeudi.

Il n'y a pas d'entraînement aujourd'hui. Ah, c'est pourri!

Je glisse de nouveau mon pied quasi gelé sous les couvertures. Mais j'avoue que de dormir plus longtemps, ça, ce n'est pas pourri du tout. Je m'enroule de nouveau dans ma couette et me tourne vers le mur pour me rendormir. J'arriverai peut-être à reprendre mon rêve là où je l'avais laissé, au moment où je patinais autour d'Émile Bosco à l'aréna. Je me réveille juste au moment où ça commence à devenir intéressant. Je ferme les yeux et je m'imagine en train de freiner brusquement et de lui faire gicler de la glace au visage. Génial.

Trois secondes plus tard – c'est du moins l'impression que j'ai – maman frappe à ma porte.

— C'est l'heure de te lever pour l'école! dit-elle.

Quoi, déjà? Je me frotte les yeux et regarde les points rouges lumineux de mon réveil qui forment un sept. C'est l'heure, en effet.

Zut!

J'ai dormi deux heures complètes et il me semble avoir à peine fermé l'œil. Je m'extirpe du lit en grognant et trébuche sur un tas de vêtements sales qui ont apparemment germé à cet endroit durant la nuit.

Germé.

Je me frotte les yeux en imaginant des petites pousses alors que mon regard se pose sur les vêtements empilés à mes pieds.

Si les vêtements restent sales trop longtemps, est-il possible que quelque chose finisse par pousser sur eux? Je fronce les sourcils.

Louis jure que les chaussures de sport qu'il a laissées complètement trempées dehors sur les marches de l'escalier arrière le printemps dernier ont des *champignons* sur les lacets. Dégueu! Ça suffit pour me pousser à ramasser le tas de vêtements et à le déposer dans le panier à linge en me disant qu'il vaut mieux prévenir que guérir.

Je laisse mon pyjama sur le comptoir de la salle de bains et saute dans la douche. Juste au moment où je m'apprête à me rincer les cheveux, j'entends de nouveau la chasse d'eau des toilettes. Je ne m'éloigne pas assez rapidement du jet et l'eau brûlante m'atteint juste sur les côtes.

— Aaaouch!

Je me plaque contre le mur de tuiles le plus éloigné du jet pour échapper à l'eau bouillante.

Je vais devoir parler de ça à maman. J'attends quelques secondes, puis passe le bout des doigts sous l'eau. Ouf. Elle est revenue à la bonne température. Je me place de nouveau sous le jet, mais quelqu'un tire encore la chasse d'eau.

Zut!

Cette fois, l'eau trop chaude me tombe sur l'épaule. Je pousse un grognement.

— Aaargh!

Et je me plaque encore une fois au mur.

Quand tout revient à la normale, j'essaie de me rincer les cheveux. Mais le manège recommence.

Je gémis.

— C'est pas vrai!

Le shampooing me coule dans les yeux qui me brûlent horriblement. Je les frotte du dessus de la main en attendant, mais ça ne fait qu'empirer les choses. Quand j'allonge le bras pour vérifier la température, l'eau est encore beaucoup trop chaude. Comme je n'arrive pas à atteindre le pommeau de la douche pour l'éloigner de moi, je n'ai pas le choix et je ferme le robinet.

Génial. Papa va avoir l'occasion de chanter ses couplets sur les bulles minuscules.

Je suis tellement exaspéré que je manque de déchirer le rideau de douche en l'ouvrant et en essayant de mettre la main sur une serviette à m'enrouler à la taille. Les yeux me piquent. J'arrive à peine à les entrouvrir, mais ça suffit amplement pour ce que je vois.

Debout près des toilettes, prête pour l'école, son sac sur l'épaule se tient Virginie qui me lance un regard furieux.

— Dommage, j'étais prête à recommencer, dit-elle en lâchant la chasse d'eau.

— C'était toi à chaque... j'ai été complètement... Pourquoi as-tu fait ça?

Elle sourit.

— Ma vengeance.

— Ta vengeance de quoi?

Je continue de me débattre pour essuyer le shampooing que j'ai dans les yeux.

Elle en reste bouche bée.

— Non, mais tu te fiches de moi? lance-t-elle.

Je la regarde d'un œil, l'autre étant trop occupé à lutter contre le shampooing pour lui lancer un regard de colère.

— Tant pis, dis-je.

— C'est ça, tes excuses?

— Quoi? C'est toi qui m'as rendu aveugle!

— Et c'est toi qui as parlé de moi et de Simon aux parents.

— Mais c'était vrai!

— C'était l'an dernier, Croquette, et ils n'avaient pas besoin de savoir ça.

— Mais...

— Comme ils n'ont pas non plus à savoir que tu t'es faufilé dans la cuisine hier soir.

Zut! J'abandonne.

— D'accord, dis-je.

Elle me regarde quelques secondes. Elle semble attendre autre chose. Mais quoi?

— D'accord, dis-je encore.

Elle a prouvé ce qu'elle voulait prouver.

Ma sœur lève les yeux au ciel.

— Ça ne remplace pas les excuses.

— Je suis désolé, Virginie.

Je le dis avec toute la sincérité dont je suis capable pendant que la chair de poule gagne tout mon corps.

— Excuses acceptées, grogne-t-elle en se retournant pour sortir de la salle de bains.

Ma sœur est un être redoutable dont on ne se méfie jamais assez.

J'attends d'être certain qu'elle est redescendue, puis je redémarre la douche. Dans l'intervalle, maman a mis le lave-vaisselle ou autre chose en marche et l'eau est maintenant tiède.

Décidément, ma journée commence de façon fantastique et elle se terminera sans doute de la même manière, puisque j'ai ma première rencontre de tutorat avec Émile Bosco.

* * *

Lorsque j'arrive enfin à m'habiller, je me traîne jusqu'à la cuisine, déçu de ne pas avoir d'entraînement pour me défouler sur la glace.

Je m'assois à ma place habituelle et tartine de beurre la gaufre aux bleuets qui m'attend, avant d'y verser une bonne quantité de sirop. Dès la première bouchée, je me sens déjà un peu mieux. Après tout, la vie ne peut pas être si terrible quand on a un truc aussi délicieux dans son assiette. Je coupe un autre morceau, que je trempe dans du sirop avant de l'engouffrer dans ma bouche.

Mmmm… ce sirop.

La famille de mon héros Jean Ducette se spécialise dans la fabrication du sirop d'érable, ce qui me fait aimer encore davantage ce produit. Jean vient d'une petite ville du Québec où ses ancêtres se sont installés il y a plus de 100 ans. Plus d'un siècle!

Il a onze frères et sœurs. On les appelait les Ducette à la douzaine.

Quand Jean Ducette était jeune, sa famille et lui travaillaient à récolter la sève au printemps. Ils la mettaient à bouillir pour en faire du sirop dans une cabane à sucre. Ils organisaient une grande fête tout en travaillant et faisaient même de la tire sur la neige comme friandise.

Ce devait être génial!

Puis Jean a grandi et est devenu un joueur extraordinaire. Il a été obligé de choisir entre la LNH et la fabrication du sirop d'érable.

Je sais ce que j'aurais choisi à sa place, le hockey évidement! Heureusement pour moi (et pour les Canucks), c'est ce qu'il a choisi aussi, comme trois de ses frères, et tous les quatre sont devenus des joueurs professionnels. Leur père devait bien être l'homme le plus fier de la planète! En fait, il était tellement fier, qu'il fabriquait une édition limitée de bouteilles de sirop d'érable à l'image de chacun de ses fils et les vendait à Noël.

J'ai convaincu maman de m'acheter une de ces bouteilles, un jour, au supermarché. Même si le sirop que contient la bouteille est probablement délicieux, je ne l'ouvrirai jamais parce qu'elle a trop de valeur.

Je prends une bouchée de gaufre et ferme les yeux en mastiquant. Ma mère est de loin la meilleure cuisinière de toute l'île. Une autre bouchée. Je dirais même, de toute la planète.

— C'est bon? dit-elle en se séchant les mains avec une serviette.

Comme j'ai la bouche pleine, je lève les deux pouces.

— Je suis contente, dit-elle en riant. Je vais faire des biscuits que vous pourrez grignoter en arrivant cet après-midi, Émile et toi.

Je cesse de mastiquer. Émile Bosco mange probablement de la fonte plutôt que des biscuits.

— Il sera ici à trois heures et demie, ajoute-t-elle.

Je manque de m'étrangler, mais parviens tout de même à articuler :

— Pas ici?

Maman me regarde comme si j'étais cinglé.

— Évidemment, ici. Vous allez étudier ensemble.

J'avale péniblement.

Comment, ici?

Je croyais que nous allions nous donner rendez-vous à la bibliothèque de l'école ou un truc du genre. Je trouve déjà assez pénible qu'il soit dans le même vestiaire et dans la même classe que moi. Est-ce qu'il faut en plus que je partage le salon avec lui? Ou ma chambre?

Je ne veux pas qu'il arrive et qu'il voie les « mignonnes » photos encadrées de moi à tous les âges en montant l'escalier. Je ne veux pas qu'il regarde maman et papa avec ce même regard vide qu'il a toujours. Je ne veux pas qu'il entende Virginie se moquer de moi.

Je ne veux pas qu'il vienne chez moi!

C'est complètement dingue, cette histoire.

Batman n'a jamais fait entrer le Joker dans son repaire. Superman n'invitait pas Lex Luthor à dîner le dimanche. Et il n'y a pas de raison que ce gorille vienne frapper à ma porte et encore moins qu'il en passe le seuil.

— Tu te sens bien, chéri? demande maman en étendant le bras pour poser sa main sur mon front.

Tiens! C'est peut-être ça, la solution! Si je lui dis que je suis malade, je pourrai rester à la maison et Émile Bosco pourra rester hors de ma vie, au moins durant une journée.

Mais un seul regard à ma mère suffit à m'indiquer que je fais fausse route. Elle m'organiserait une autre rencontre de tutorat à une telle vitesse, que j'en serais étourdi.

— Je vais très bien, dis-je.

Je replonge dans ce qui reste de ma gaufre, mais j'avoue qu'elle est maintenant un peu fade.

Génial.

Sans même le faire exprès, Émile Bosco vient de supprimer tout le goût des gaufres aux bleuets.

* * *

Je retrouve Louis dehors et nous marchons vers l'école sous la pluie battante. Comme il n'y a que les filles qui traînent des parapluies, nous relevons nos capuches.

— Cette partie était géniale, dit Louis.

— Quelle partie? dis-je, encore distrait par la pensée d'Émile Bosco.

— Allô, Croquette? Y a quelqu'un? Les Red Wings, hier. Nous vous avons écrasés!

— Oh, je n'ai pas pu regarder, dis-je en soupirant.

Louis se retourne vers moi en ouvrant de grands yeux.

— Qu'est-ce que tu veux dire?

— J'ai dû passer toute la soirée dans ma chambre à faire des devoirs.

— Pourquoi?

— Je n'ai pas été gentil avec ma sœur.

— Quoi? Tu l'as tuée?

C'est mon tour de le regarder avec étonnement.

— Mais non! Tu es malade?

Il hausse les épaules.

— C'est la seule chose assez méchante à laquelle je peux penser qui mérite que tu rates une partie.

— Nous nous sommes seulement disputés au souper.

— À coups de poing?

— Non, mais ça ne va pas, Louis? C'est une fille!

Il hausse de nouveau les épaules.

— Écoute, j'ai été impoli avec elle, d'accord?

— Et tu as raté toute la partie pour ça?

— Ouais.

— Pour avoir été impoli. Dis donc, mon frère devrait aller vivre chez toi!

Il poursuit en secouant la tête :

— Il serait toujours puni. As-tu au moins pu écouter Radio-

Hockey?

— Oui, je me suis glissé en bas à l'heure du jeu-questionnaire.

— Je n'ai pas eu la bonne réponse.

— Moi, oui, dis-je fièrement.

— Génial. As-tu essayé d'appeler?

— Non.

— Pourquoi?

— J'attends la dernière journée. Je veux gagner les billets pour la partie.

— Et le tir de la ligne rouge? dit Louis en hochant la tête.

— Évidemment.

— Tu sais, Croquette, tout le monde va vouloir essayer.

— JT, dis-je machinalement.

Puis je hausse les épaules :

— Il faut bien que quelqu'un gagne. Pourquoi pas moi?

Louis reste silencieux quelques secondes.

— Tu as sans doute raison.

Il n'a pas l'air très convaincu, mais je décide de le croire. Au train où vont les choses, ce sera peut-être le seul moment de la semaine où j'aurai raison.

* * *

Ma journée ne se déroule pas trop mal, surtout en français. Pour la première fois de l'année, je suis celui qui lève la main pour répondre aux questions, et je vais même jusqu'à en poser deux. Mme Fortier semble en état de choc quand elle se rend compte que j'ai vraiment lu *Vingt mille lieues sous les mers*. La vedette de la classe, Annie McHale, me regarde comme si je venais d'une autre planète.

— Je ne savais même pas que tu pouvais lire, me chuchote-t-elle.

Je lui murmure à mon tour :

— Merci, c'est gentil.

Tout va bien aussi au cours d'études sociales. M. Marchand ne m'interroge pas, mais je connais la réponse à quatre de ses questions. J'ai bien fait d'ouvrir le manuel d'études sociales après les maths, hier soir.

Apparemment, quand on étudie, ça fonctionne.

Au dîner, mes amis et moi mangeons aussi rapidement que possible, puis nous allons au gymnase pour faire un match improvisé. Mon équipe remporte une victoire écrasante. Après tout ce qui est arrivé dernièrement, les choses semblent enfin aller mieux pour moi.

Évidemment, le fait de savoir qu'Émile Bosco va venir à la maison continue de me rendre dingue, mais après une bonne journée à l'école, je crois que je vais pouvoir affronter la situation, et lui faire face, à lui aussi. Quand j'y pense calmement, je me dis qu'il n'est qu'un garçon de mon âge qui réussit bien au hockey et en mathématiques.

Où est le problème?

— Où est le problème? me dit Louis sur le chemin du retour. Le problème, c'est qu'il n'est qu'un minable qui essaie de te voler ta place dans les Cougars.

— Et je vais faire de mon mieux pour la défendre, lui dis-je.

— Bon sang, dit Louis en se frappant le front. Le gars est capable de soulever plus de 85 kilos à ce qu'il paraît.

— Plus de 85 kilos? Qui t'a dit ça?

— Olivier.

— Et comment est-ce qu'Olivier l'a su?

Louis fronce les sourcils.

— Je crois que c'est Jules qui le lui a dit.

— Et Jules, il l'a su comment?

— Je ne sais pas trop.

— Écoute, Émile Bosco est peut-être gros et fort, mais il a tout de même onze ans.

— Et il se rase, ajoute Louis.

— Mais non, dis-je en levant les yeux au ciel.

D'après ce que j'ai vu, Bosco a une moustache.

— En tout cas, soit tu es brave, soit tu es bête de le recevoir chez toi.

— Merci, Louis.

— Maintenant il va connaître ton point faible.

Je grogne :

— Les maths? Il est dans notre classe, Louis. Ce n'est pas vraiment un secret.

Et c'est à ce moment que ça me frappe de plein fouet. *Tout le monde* a une faiblesse. Pour moi, ce sont les maths. Pour Louis, les araignées (et le bon sens). Pour ma mère, le chocolat. Pour mon père, l'ordinateur. Pour Virginie, Simon Lampron.

Même Superman a une faiblesse. Ce qui m'amène à me demander...

Quelle peut bien être la *kryptonite* d'Émile Bosco?

Chapitre neuf

Allongé sur mon lit, je parcours *Et c'est le but! Troisième édition* en attendant qu'Émile Bosco arrive et gâche mon après-midi. Lorsqu'il sonne à la porte, je pose le livre, ferme les yeux un instant et prends une inspiration profonde avant de me lever.

Je m'arrête en haut de l'escalier et constate que maman a déjà ouvert au gorille. Elle va même jusqu'à sourire à Émile et à prendre son blouson comme s'il était une personne normale. Comme s'il était le bienvenu.

— Salut, dis-je en descendant rapidement l'escalier.

Plus tôt maman s'éclipsera, moins je risquerai de vivre des moments embarassants.

— C'est vraiment gentil de ta part de venir aider Croquette, dit-elle en accrochant le blouson sur un cintre.

— JT, dis-je en soupirant.

Maman grimace.

— Désolée, chéri. Je vais finir par y arriver.

— Croquette? demande Émile en me regardant, un sourcil levé.

Il n'a pas entendu les autres gars de l'équipe m'appeler comme ça?

Peut-être qu'il n'écoute jamais.

— J'essaie de me faire appeler JT, mais…

Son sourcil ne bouge pas.

— … Croquette, ça va, semble-t-il.

Je hausse les épaules. C'est à ce moment que je cesse de vouloir changer de nom. Je m'appelle Croquette McDonald, que ça me plaise ou non, et il va falloir que je l'accepte.

— Je vais vous chercher des biscuits et puis je vous laisse, dit maman en disparaissant dans la cuisine.

— Des biscuits? demande le gorille.

Ses deux sourcils sont levés. Comme je n'arrive pas à deviner s'il se moque ou non de l'idée des biscuits, je fais celui qui n'entend pas.

— Je pense qu'on peut s'asseoir ici, dis-je en indiquant de la tête la table de la salle à manger.

— Pourquoi ne pas aller plutôt dans ta chambre? demande Émile Bosco.

Parce que je préférerais mourir?

Je bégaie :

— Dans ma chambre? Je... euh, elle est pas mal en désordre.

— En désordre? répète-t-il avec ce regard absent que je déteste.

— Oui, en désordre. Comme dans « à l'envers ».

Le grand génie des maths a de toute évidence des difficultés en français. Ma vie personnelle ne le regarde pas. Moins il en saura, mieux ce sera. J'ai déjà décidé qu'il était ici pour affaires. Les affaires de maths, et rien de plus.

Je me tire une chaise et m'installe.

Après quelques secondes, Émile Bosco s'assoit, juste devant moi.

Il me regarde.

Je le regarde.

Il me regarde encore.

Je demande finalement :

— Alors?

— Où sont tes manuels?

Zut!

Je les ai laissés dans ma chambre.

Je monte en courant les chercher et à mon retour, Émile Bosco m'observe avec son petit sourire suffisant. Décidément, ça commence bien!

— Tenez, dit maman.

Elle apporte un plateau contenant deux grands verres de lait et une assiette de biscuits au beurre d'arachide.

— Merci, m'man, dis-je en espérant qu'elle s'empressera de repartir.

Je pousse un soupir de soulagement quand elle quitte la pièce après s'être essuyé les mains sur son tablier.

Émile examine les biscuits.

— Tu n'es pas allergique aux arachides, j'espère? dis-je avec un certain espoir.

C'est peut-être ça, sa *kryptonite*.

— Non, dit-il en prenant deux biscuits.

Zut.

— Es-tu allergique à quelque chose?

— Si je suis quoi?

Il m'observe encore comme si j'étais une carpe.

— Non, finit-il par dire.

Il en prend deux autres, comme si le mot « partage » ne faisait pas partie de son vocabulaire.

Pauvre type.

— Pas même aux chiens, à la pénicilline ou à autre chose?

— Non.

Il ouvre ses manuels et se met à feuilleter les pages comme s'il en avait déjà ras le bol.

Je me racle la gorge, prêt à pousser plus loin.

— Tu sais ce que je déteste? dis-je.

— Les maths, dit-il sans relever la tête.

— Non. Bien… oui, mais les serpents, aussi.

Encore ce regard vide.

Je lui demande :

— Et toi?

Il s'arrête.

— Moi, quoi?

— Tu détestes les serpents… ou autre chose?

Il reste silencieux pendant une trentaine de secondes. Je sens mes aisselles devenir moites. Son regard sévère est pire que celui de ma mère et ça, c'est quelque chose.

Vient le moment où je n'en peux plus d'attendre, alors je me risque de nouveau.

— Les araignées? Les clowns?

Je m'arrête.

Les clowns? Mais qu'est-ce que je raconte? Il faut vraiment être désespéré!

— Il n'y a pas quelque chose que tu n'aimes pas? dis-je.

— Ouais, il y a quelque chose que je déteste, dit finalement Bosco.

— Vraiment?

J'ai presque crié.

— Les questions, laisse-t-il tomber.

Malaise. Je me racle la gorge.

— Oh.

— Écoute, tu veux apprendre les maths, ou non? demande-t-il en regardant sa montre. Moi, je suis payé à l'heure, alors ça ne me dérange pas.

Quoi? Maman le *paye*? Juste comme je me disais que la situation ne pouvait pas être plus gênante. Eh bien, elle l'est encore plus!

— Je suppose, dis-je.

Je souhaiterais me trouver n'importe où ailleurs sur la planète, y compris dans la classe de M. Houle.

— Parce qu'il y a d'autres choses que je pourrais faire en ce moment, par exemple pratiquer mon lancer frappé.

Voilà qui m'intéresse.

Si d'être payé pour m'aider l'empêche de s'entraîner, cet argent est bien dépensé, non? Évidemment, je ne m'entraîne pas moi non plus. Travailler son lancer frappé, hein? Viendrait-il de révéler sa faiblesse? Ce serait très pratique, parce qu'il se trouve que mon lancer frappé, à moi, est... génial.

— C'est bon, soupire-t-il. Commençons.

— D'accord.

J'ouvre mon manuel et jette un coup d'œil sur le sien pour

vérifier la page.

— C'est quoi, ton problème? demande Émile.

Mais je n'ai fait que le regarder. Mon visage redevient bouillant.

— Mon… euh… je n'ai pas de problème!

Il pousse un soupir qui exprime, je le devine grâce à mon expérience avec Virginie, son exaspération.

— En *maths*, je veux dire. Qu'est-ce que tu ne saisis pas?

Oooh! Ce problème-là! Comment est-ce que je suis censé lui résumer ça? Je ne comprends pas ce que M. Houle écrit au tableau. Je ne comprends pas les devoirs, je ne comprends pas…

Il demande :

— Les fractions? Les pourcentages?

Oui, et oui.

— Les problèmes sous forme d'énoncé sont plutôt difficiles, je trouve, dis-je finalement.

Ils sont plus difficiles à débrouiller, en tout cas.

— Pas vraiment, mais d'accord. Nous allons commencer par là.

Émile tourne les pages en avançant dans le manuel et me conduit à la page 78.

— Lis d'abord le problème numéro un, dit-il.

— Jeanne et Suzanne…

— Pas à voix haute.

Je marmonne :

— Oh, d'accord.

Puis je lis la phrase la plus compliquée de ma vie. Qui est Suzanne, et pourquoi elle et Jeanne ne voyagent-elles pas ensemble?

— Alors? demande-t-il lorsque j'ai terminé.

— Je ne sais même pas où est Saint-Hubert, dis-je.

Émile Bosco secoue la tête.

— Ça n'a aucune importance. Ce n'est pas un problème de géographie. Tout ce qui nous préoccupe ici, ce sont les nombres.

— Mais…

— De combien de personnes parlons-nous?

Suzanne et Jeanne.

— Deux.

Il acquiesce.

— Et combien y a-t-il de distances différentes?

Je relis la question : 440 kilomètres, 70 kilomètres et
210 kilomètres.

— Trois.

— Alors ce sont les seules choses sur lesquelles nous devons
nous concentrer. Tu saisis?

— Je crois, dis-je.

Mais je mens. Ça semble beaucoup trop simple.

— Les autres choses, comme les noms et tout ça, ne sont là
que pour t'embrouiller.

Dans quel but? Comme si les maths n'étaient pas déjà
suffisamment compliquées!

— Ça va? demande-t-il.

— Ouais, dis-je.

Mais je n'en suis pas si sûr.

Émile s'avance sur sa chaise et me regarde.

Qu'est-ce qu'il veut, encore?

— Alors, de quoi est-ce qu'il faut se préoccuper? demande-t-il.

De survivre à cet après-midi.

— Des nombres?

— Oui.

Il sourit pour de vrai (pas suffisamment pour dévoiler les crocs
qu'il a sûrement, mais tout de même), puis il glisse sa main sur
la table et me donne un petit coup sur le bras :

— *Des nombres*.

Fiou!

Nous faisons le problème ensemble et lorsque nous trouvons
la réponse, elle semble être logique. Je crois.

— Bon, problème suivant, dit Émile en posant le doigt sur le
second problème.

Je le lis, mais je ne sais pas trop s'il faut trouver la distance
entre Winnipeg et Moose Jaw, ou combien de temps durera le

trajet entre les deux villes.

— Commence, dit Émile.

— Je… je ne sais pas trop où…

Encore ce regard froid, et cette fois-ci accompagné d'un grognement.

— Nous venons d'en faire un comme celui-là, il y a deux secondes!

— Je sais, mais l'information est différente, et…

— Ça n'a pas d'importance, gronde-t-il. On ne s'intéresse qu'aux nombres. Tu n'écoutais pas?

— Oui, mais…

— Pourquoi est-ce que tu ne comprends pas?

Est-ce qu'il se moque de moi? Pense-t-il vraiment que d'avoir résolu un maudit problème va tout régler?

— Croquette, dit-il d'un ton moqueur où perce le mépris.

Je grogne à mon tour.

— Écoute, ne va pas croire que je vais tout maîtriser en une seule fois. Il va falloir que je m'exerce.

Je pense à sa *kryptonite* et ajoute :

— Comme toi au lancer frappé.

Émile Bosco me regarde comme s'il allait me flanquer une claque, mais il se contente de parler.

— Mon lancer frappé est meurtrier. C'est le plus précis de la ligue. Compris?

Zut. Ce n'est pas ce que je voulais entendre.

— Compris, dis-je à voix basse.

— Bientôt, plus personne ne pourra l'arrêter.

— Génial.

Je hausse les épaules comme si je m'en fichais, mais ce n'est pas le cas.

— Parce que je travaille sur la rapidité. Tous les après-midis, entre cinq heures et six heures, je frappe sur une rondelle derrière chez moi.

Je marmonne :

— Tant mieux pour toi.

— Alors, tu veux essayer de comprendre ce problème, oui ou non? Moi, ça ne me fait rien, parce que...

Je l'interromps :

— Je sais, tu es payé à l'heure.

— Exact, dit-il en s'adossant à sa chaise les bras croisés.

Autre échange de regards silencieux entre nous. Je perds encore une fois, lorsque je cesse de le fixer dans les yeux pour revenir au manuel. Je relis le problème, mais je ne comprends pas.

— *Allez*, bon sang, dit Émile en regardant sa montre.

Je commence à m'énerver sérieusement. Après tout, il est censé m'aider.

Émile incline la chaise vers l'arrière et la tient en équilibre sur deux pattes. Elle craque comme si elle allait casser. Je lui lance :

— Hé, ma mère n'aime pas qu'on fasse ça.

— Et après?

— Et après, tu arrêtes.

— Essaie de m'arrêter, dit-il en riant.

Je suis sur le point de bondir pour répondre à sa demande, quand Virginie sort de la cuisine et entre dans la pièce. Elle nous regarde à peine, mais en passant près d'Émile Bosco, elle pousse brusquement sa chaise vers l'avant.

Émile doit se retenir pour éviter d'arriver tête première sur la table. Il se retourne rapidement sur son siège pour lui faire face.

— Hé! lance-t-il. C'est quoi, ton...

— C'est une chaise, pas un cheval, abruti, dit Virginie en poursuivant son chemin.

Émile Bosco la regarde aller. C'est son tour de rester bouche bée, pour une fois.

C'est qui la carpe, à présent?

J'ai envie de pouffer de rire, mais je me retiens.

— C'était qui? finit-il par demander.

— Ma sœur, dis-je.

De toute évidence.

Il ne dit plus rien, mais reste là, l'air stupéfait. Je suis prêt à parier que personne n'avait osé traiter Émile Bosco d'abruti auparavant. Personne qui avait survécu, en tout cas.

Je demande :

— Alors, on essaie de trouver combien de temps dure le voyage, c'est bien ça?

— Hein? grogne Émile.

— Le problème. Il porte sur la durée du trajet et non sur la distance.

J'attends.

— C'est ça?

— Je suppose, dit-il en regardant vers l'escalier. Comment est-ce qu'elle s'appelle?

— Hein?

Je relis la question.

— Ce sont des gars. Ils s'appellent Marc et Paul.

— Non, ta sœur.

— Quoi?

— Elle s'appelle comment?

— Virginie, dis-je en continuant de lire.

Si Marc quitte Winnipeg à huit heures du matin et qu'il veut rejoindre Paul à Regina, combien de temps va-t-il mettre à effectuer le parcours?

— Est-ce qu'elle a un copain?

Je lève les yeux vers Émile Bosco qui fixe toujours l'escalier.

— Virginie? Je ne sais pas. Je pense qu'ils ont rompu, je ne sais pas trop.

— Quel âge a-t-elle?

— Seize ans.

Il se tourne brusquement vers moi.

— Seize ans?

— Ouais. Tu sais, le chiffre qui vient après 15.

J'essaie de revenir au sujet qui nous intéresse.

— Si Marc roule à 70 kilomètres à l'heure…

— Elle va à Cutter Bay?

Mais qu'est-ce qui lui prend?

— La dernière fois que j'ai vérifié, c'était la seule école secondaire aux alentours.

Nous reprenons le travail et après quelques autres questions, je sens que je commence vraiment à comprendre. J'aime bien qu'il m'ait montré à ne pas me préoccuper des détails et à me concentrer sur les nombres. Et plus nous faisons de problèmes, mieux je saisis.

Virginie redescend et avant que j'aie le temps de dire ouf, Émile pousse l'assiette de biscuits vers elle.

— Tu en veux? dit-il.

Virginie le regarde, puis regarde les biscuits qui sont pour la plupart cassés. Elle lève les yeux au ciel.

— Comme si j'allais en prendre maintenant que vous les avez tous tripotés!

— Ils sont vraiment bons! lui lance Émile.

Mais elle a déjà disparu dans la cuisine.

Je me mets à lire à voix haute.

— Claire et Samantha vendent des biscuits maison pour les Guides, et...

— J'ai soif, dit Émile.

Il repousse sa chaise et se lève.

Je pointe du doigt son verre de lait toujours à moitié plein.

— Non, dit-il en secouant la tête et en se dirigeant vers la cuisine. Il me faut plutôt de l'eau. J'ai la gorge vraiment sèche.

Tiens, ça devient bizarre.

Puis il revient, un verre d'eau à la main et le visage tout rouge.

— Qu'est-ce qui ne va pas?

— Rien.

— Tu es tout rouge.

— J'ai chaud.

Très bizarre.

Nous faisons encore quelques problèmes, puis on sonne à la porte.

Je vais ouvrir, et me trouve devant une toute petite dame au nez pointu et aux yeux ronds.

— Bonjour, je suis Rachel Bosco, dit-elle.

La mère du gorille a l'air d'un oisillon?

— Oh, bonjour. Je suis Jonathan.

J'ouvre toute grande la porte pour lui permettre d'entrer.

— Tu es prêt? demande-t-elle à Émile.

— Je suppose, dit-il.

Il glisse ses manuels dans son sac. Il garde la tête baissée et fixe le plancher de la cuisine.

Je prends son blouson dans le placard, tout à fait prêt à le voir partir.

— Merci de ton aide, lui dis-je.

Et je suis sérieux. Je n'ai peut-être pas eu de plaisir à me trouver en sa compagnie, mais j'ai *vraiment* fait des progrès en maths.

— On se voit à l'école.

Je n'ai jamais vu quelqu'un mettre autant de temps à enfiler un blouson. On dirait qu'il bouge au ralenti.

— Je peux revenir demain, tu sais, dit Émile.

— Non, tu ne peux pas, lui rappelle Mme Bosco. Nous allons manger chez grand-maman.

Non seulement Émile Bosco a une mère, mais il a aussi une grand-mère?

— Peut-être en fin de semaine? me dit-il d'un ton rempli d'espoir.

Je n'hésite pas à mentir.

— Je crois que nous avons une réunion de famille ou un truc du genre. En plus de la partie et tout.

Émile Bosco fronce les sourcils.

Virginie s'approche, le téléphone à l'oreille. Elle passe près de nous et sourit à Mme Bosco avec ce sourire gentil et naïf qu'elle réserve aux adultes. Émile lui fait un signe de la main. Elle le regarde à peine et ne lui rend absolument pas son salut.

— Je vois, dit Mme Bosco en regardant Virginie monter l'escalier.

Et tout à coup, je vois moi aussi. Émile Bosco a une faiblesse.

Sa *kryptonite*... c'est Virginie.

Chapitre dix

Le lendemain matin, je saute presque du lit à l'instant où j'entends maman approcher dans le couloir.

Avant même qu'elle ait eu le temps de frapper à ma porte, je lui lance :

— Je suis debout!

— Là, je tombe des nues, dit-elle.

Allez donc comprendre ce que ça veut dire.

Je file dans la douche en chantonnant. Il n'a fallu qu'un après-midi, qu'une rencontre éprouvante de tutorat pour que les choses tournent en ma faveur. Je commence à me débrouiller en maths *et* Émile Bosco est fort probablement à ma merci (enfin, à celle de Virginie, en tout cas). Autre bonne nouvelle : je connaissais la réponse de la question posée par le Grand Dan hier soir.

Il a demandé à quelle position jouait Gordie Howe. Hyper facile! La même que la mienne, ailier droit. Et s'il l'avait demandé, j'aurais aussi pu lui dire que Gordie avait compté plus de 800 buts au cours de sa carrière. Et plus précisément 801.

Génial.

En sortant de la douche, j'enfile à la hâte mes vêtements d'entraînement et rejoins maman en bas. Mon sac est déjà prêt et attend à la porte d'entrée. Mon estomac réclame à grands cris du bacon, des œufs et des pommes de terre. Heureusement, les rôties et le yogourt font tout aussi bien l'affaire. Je souris du début à la fin du déjeuner.

En nous rendant à l'entraînement, maman et moi écoutons les nouvelles. En fait, elle les écoute pendant que je rêve de faire partie du premier trio des Canucks.

Il lance et compte!

— Tu es d'excellente humeur, aujourd'hui, dit maman.

— Je sais, dis-je.

— Je suis contente de te voir revenir à la normale.

Et moi donc.

Dans le vestiaire, je m'habille pour l'entraînement pendant que Louis et Jason discutent d'un film que je n'ai pas vu.

Après quelques minutes, Émile Bosco entre à son tour.

— Salut, dit-il en laissant tomber son sac à côté du mien. Ça va?

— Très bien!

Il fait exactement ce que je veux qu'il fasse!

Il ouvre son sac et sort ses épaulettes.

— Bon, j'ai pensé que nous pourrions nous rencontrer encore une fois lundi.

Je lève les yeux et aperçois Louis et Jason qui nous dévisagent.

— Pour étudier? dis-je très distinctement, histoire d'éviter tout malentendu.

Nous ne sommes pas amis, que ce soit bien clair pour tout le monde.

— Mais oui. Nous pourrions regarder les fractions et ce genre de trucs.

— Lundi? Ça pourrait fonctionner, dis-je avec un haussement d'épaules.

Puis, je décide de mettre ma théorie à l'épreuve.

— Pourquoi est-ce qu'on ne se rencontrerait pas chez toi?

Émile Bosco secoue la tête.

— C'est probablement mieux chez toi.

— Ah oui, pourquoi?

J'ai posé la question d'un ton léger, comme si c'était sans importance. Pour une fois, c'est moi qui ai le pouvoir et j'adore ça!

— Je pense que ta maison se prête mieux à l'étude. Mon frère serait dans nos pattes.

— Comme ma sœur, dis-je.

— Tu crois? demande-t-il.

L'espoir qui perce dans sa voix m'indique que je ne me suis pas trompé.

Kryptonite!

Je fais semblant de réfléchir.

— En fait, elle joue au volley-ball, le lundi. Alors peut-être que ça ira.

Émile Bosco s'humecte les lèvres et paraît vraiment nerveux.

— Maintenant que j'y pense, mardi conviendrait sans doute mieux, parce que mon frère pourrait me déposer.

— Mais je pensais que tu avais dit…

— Non, mardi serait mieux, me dit-il.

— Parfait, dis-je.

Je sais à présent comment se sent Godzilla, quand il s'amuse avec tous ces minuscules humains. Ha! Qui dirige les opérations, maintenant?

Quand nous arrivons sur la patinoire, je me sens plus fort, plus rapide et meilleur que jamais. Je pense que c'est l'adrénaline qui me pousse à patiner avec plus de puissance que tous les autres.

— Beau travail, McDonald, me dit l'entraîneur O'Neal.

Quand il place les cônes et que nous les contournons les uns après les autres avec la rondelle en terminant par un tir au but, je compte à chaque fois. Émile Bosco rate à deux reprises.

Ha!

Je sais que je ne devrais pas m'en réjouir, mais c'est plus fort que moi.

— Bon sang, tu es en forme, aujourd'hui, dit Louis en me donnant une tape dans le dos.

— Merci.

— Ta mère doit avoir mis un truc spécial dans tes céréales, ce matin.

— Ouais, comme des stéroïdes, dit Matt en riant. Je n'en reviens pas que tu aies battu Bosco dans les longueurs.

Je n'en reviens pas non plus. Et les choses vont tout aussi bien pour moi à l'école. Du moins jusqu'au cours de maths, en tout cas.

Jonas ramasse les devoirs et en glissant la main dans mon sac pour prendre le mien, je me rends compte que je n'y ai même pas pensé hier soir. Avec Émile Bosco, je n'ai fait que des problèmes au hasard pour m'exercer. M. Houle avait demandé complètement autre chose!

Zut!

Debout à côté de mon bureau, Jonas attend et je lui fais un signe de tête négatif.

— Tu ne l'as pas fait? demande-t-il.

— Non.

— C'est de la folie, dit-il en continuant son chemin pour ramasser le devoir de Danielle Bonneau.

Je constate que même Louis remet un devoir.

— M. McDonald, dit M. Houle debout devant la classe. Voudriez-vous me rejoindre au tableau?

Je me lève et me dirige vers lui. Je me croise les doigts pour qu'il me demande de résoudre un problème sous forme d'énoncé. Je sais ce que je dois faire. Ne pas m'occuper des détails et me concentrer sur les nombres.

Louis se cache les yeux en secouant la tête comme s'il savait que j'étais perdu, mais j'ai encore une chance de m'en tirer. Il est tout à fait possible que j'arrive à répondre à la question qui va m'être posée, à la grande surprise de toute la classe.

Et surtout à celle de M. Houle.

Un problème sous forme d'énoncé, s'il vous plaît!

Je suis au tableau et j'attends que M. Houle lise la question. Elle porte sur les fractions.

Zut!

Pourquoi faut-il que ce soit sur les fractions?

Lorsqu'il a terminé la lecture de la question, je lui demande :

— Pourriez-vous répéter, s'il vous plaît?

— Tout dépend, M. McDonald. Si c'est pour rien, ça ne vaut pas la peine.

— Non, lui dis-je. Je veux seulement m'assurer d'avoir toutes les infos nécessaires.

— Les quoi? dit-il en fronçant les sourcils.

— Désolé. Je voulais dire les renseignements.

— Merci. Le jargon, le joual ou les abréviations n'ont pas leur place en classe.

— Je sais, dis-je en soupirant.

De toute évidence, je n'ai pas ma place non plus devant la classe de maths.

Je repense à l'un des problèmes que j'ai résolus avec Émile, hier. Il s'agissait de trouver le nombre de pains à hot-dogs, à hamburgers, de saucisses et de galettes de viande qu'il fallait pour un barbecue. Même si j'aurais bien voulu faire comme maman et couper en deux les saucisses de trop pour les mettre dans des pains à hamburger, je sais qu'en maths, ce n'est pas une solution. Je sais aussi que la réponse au méli-mélo de chiffres que vient de me donner M. Houle ne peut pas être trouvée de la même façon que dans un problème sous forme d'énoncé.

Je jette un coup d'œil à Émile Bosco par-dessus mon épaule. Il hoche la tête comme s'il m'encourageait. Mais m'encourager à quoi? Qu'est-ce que je sais, moi, de ces maudites fractions? Je me retourne vers le tableau et essaie de saisir le sens de la question, mais peine perdue. Pire encore : lorsque j'essaie d'écrire quelque chose au tableau, M. Houle m'adresse un « tsk-tsk » qui me force à effacer.

Après trois minutes qui me semblent trois heures, il me permet finalement de me rasseoir à ma place.

— Dommage qu'ils ne fabriquent pas de stéroïdes pour les maths, me souffle Louis.

Durant le reste du cours, je fais de mon mieux pour me concentrer, mais ça ne suffit pas. Est-ce que les maths me sembleront plus faciles un jour? Je regarde par la fenêtre et rêve d'être à la patinoire, le seul endroit où les choses se passent vraiment bien pour moi.

* * *

À la fin de la journée, Louis et moi rentrons ensemble.

— Dure journée, hein? demande-t-il.

— Ouais…

— M. Houle semble t'avoir à l'œil, on dirait.

— On dirait. Il n'arrête pas de m'appeler au tableau, en tout cas.

— Comment ça s'est passé avec Bosco hier?

— Très bien. Nous avons travaillé sur des problèmes et il m'a vraiment aidé, mais…

— M. Houle a demandé des fractions, dit Louis.

— Exactement. Je ne sais pas comment je vais faire pour apprendre tous ces trucs-là.

— Moi non plus.

— J'aimerais n'avoir rien d'autre à faire que de jouer au hockey.

— Ce serait génial!

— Maintenant, je pratique souvent mes tirs contre le garage. Tu sais, pour essayer de m'améliorer.

— C'est bien ça, dis-je.

Et je suis sérieux. Louis ne peut pas se passer d'entraînement.

— J'ai hâte à la partie en fin de semaine, dit-il.

— Moi aussi.

— Je ne serai pas du premier trio, mais toi, tu as de bonnes chances, non?

— J'espère.

Je ne veux rien dire pour éviter que tout s'écroule, mais j'ai prévu un plan qui devrait me garantir de faire partie du premier trio et je suis pas mal sûr qu'il va fonctionner.

— À voir la façon dont tu patinais ce matin, je pense que c'est dans le sac.

— Merci, Louis.

Grâce à mon travail acharné et à mon plan, je crois qu'il a raison. Et cette idée me plait beaucoup.

* * *

Ce soir, au souper, maman aborde un sujet auquel je n'ai aucune envie de réfléchir et dont je préfère ne pas parler. Mais je n'ai pas le choix.

— C'est la semaine prochaine qu'aura lieu la rencontre avec les enseignants, dit-elle.

Oh-oh!

— Ouais, dis-je.

— Comment?

— Oui, c'est la semaine prochaine.

Il me semble parfois que tout le monde se préoccupe beaucoup trop de la grammaire.

— Ce sera lundi soir. Y a-t-il quelque chose que je dois savoir avant? demande-t-elle.

Elle se rappelle probablement toutes les autres fois où elle est revenue de la rencontre déçue de ce que les enseignants avaient à dire à mon sujet.

— Je ne pense pas, dis-je.

— Est-ce qu'il y a des enseignants en particulier auxquels tu aimerais que je parle?

— Euh, non, aucun en particulier.

Mais il y en a un qu'elle devrait éviter par contre. Avec un peu de chance, en fin de semaine, M. Houle attrapera peut-être une laryngite qui l'obligera à garder le lit. À moins qu'il reste coincé dans un ascenseur. Durant une semaine.

Tout est possible, pas vrai?

Si M. Houle n'est pas là, maman pourra parler à mon enseignante de français, ce qui sera bien, et à celui d'études sociales, M. Marchand, ce qui sera correct aussi. Et si elle termine par une conversation avec ma prof d'éduc, tout pourrait en fait se passer à merveille. Et en voyant les choses de cette façon, je me mets à espérer que pour une fois, la rencontre parents-enseignants se passera comme sur des roulettes.

Je suis bien loin de me douter que c'est un tsunami qui se prépare.

Chapitre onze

Lorsqu'arrive samedi, soir de notre première partie, je n'ai raté qu'une seule des questions du Grand Dan.

Quand il a demandé pour quelle équipe avait joué la première femme de la LNH, je me suis dit qu'il s'agissait d'une question piège.

Des filles dans la LNH? *Impossible*!

Mais il se trouve qu'une femme, Manon Rhéaume, a gardé les buts dans quelques matchs hors-concours pour le Lightning de Tampa Bay, et qu'elle a remporté une médaille d'argent au hockey féminin aux Olympiques.

Je dois admettre que c'est plutôt cool. Génial, même.

J'apprends des tas de choses en lisant mon livre. Par exemple, dans quelle ville a eu lieu la toute première partie de la LNH. J'ai d'abord pensé à Toronto, mais je me suis dit que ce pourrait être Ottawa. Et finalement, c'était Montréal.

Je lis aussi des renseignements que je connais déjà, par exemple le nom de celui qui a été considéré comme le meilleur défenseur de tous les temps.

Bobby Orr. Sans aucun doute.

Et si le Grand Dan demande quelle est l'équipe qui a remporté la Coupe Stanley le plus grand nombre de fois?

Je sais que ce sont les Canadiens.

J'ai du mal à patienter jusqu'au dernier jour du concours, quand ce sera mon tour de téléphoner et de remporter le grand prix. La première partie des Canucks à laquelle j'assisterai. Mon tir de la ligne rouge. Chaque jour, je suis de plus en plus proche de réaliser mon rêve.

Je suis dans ma chambre en train de préparer mon équipement pour la partie, lorsque papa passe le tête dans l'embrasure de la porte.

— Prêt? demande-t-il.

— Absolument, dis-je en souriant. Je pense que nous allons la gagner celle-là.

Mon plan secret va s'enclencher ce matin même. Émile Bosco va s'attirer les foudres de tout le monde alors que je serai la vedette de la partie. J'ai hâte de voir ça.

— J'espère, dit-il en emportant mon sac.

— Et si cette année, nous n'avions aucune défaite? dis-je en le suivant de l'escalier à la salle à manger.

Maman a fait du pain doré. Ce n'est pas le petit déjeuner que je préfère, mais il se situe tout de même parmi les 20 premiers.

— C'est ta première partie, non? demande Virginie en quittant sa lecture des yeux.

Elle lit un roman à l'eau de rose tout en mangeant un demi-pamplemousse, deux choses aussi dégoûtantes l'une que l'autre.

— Et alors?

— Tâche de rester à la hauteur, Croquette.

Et elle replonge le nez dans son livre.

Je l'observe quelques secondes en me disant qu'il y a quelque chose qui cloche, mais sans savoir quoi. Et tout à coup, je trouve! Elle est encore en pyjama!

Je lui demande :

— Tu ne viens pas nous voir jouer?

Virginie est censée apparaître et déstabiliser le jeu d'Émile! Elle est censée sourire et faire des clins d'œil. Bref, tout ce que font les filles pour transformer un gorille en singe sur la glace. Je comptais là-dessus!

— Viens, Virginie! lance papa de la cuisine.

— Sortie familiale, dit maman en se penchant pour serrer les épaules de ma sœur.

— Mais je lis, gémit-elle.

— Je suis certaine que tu peux lire à l'aréna, dit maman.

— Oui, c'est sûr, dis-je avec un rire voisin de la panique. Tu n'arriveras pas à quitter la patinoire des yeux!

Il fallait qu'elle soit là!

— Franchement! dit Virginie en riant.

— Je suis sérieux, lui dis-je en essayant de l'intéresser. « McDonald feinte à gauche, puis à droite! Le voilà qui fonce, mesdames et messieurs! Il s'avance avec la rondelle, prêt pour un lancer frappé diabolique. Il s'approche, s'approche encore. C'est le tir… et le buuuuut! »

— C'est ce qu'on va voir, dit-elle. Donnez-moi quelques minutes pour m'habiller, d'accord?

Ouiii! Émile Bosco est cuit! Pendant que nous attendons Virginie dans la fourgonnette, je me réjouis de la chance que j'ai de voir mon plan fonctionner finalement. Je me rappelle la tête de carpe qu'il a faite en voyant ma sœur.

Ce sera tellement super de le voir couler.

En route vers l'aréna, je m'installe sur la banquette arrière près de Virginie qui me raconte toute l'histoire qu'elle est en train de lire. Comme si ça m'intéressait. Je l'écoute tout de même attentivement parce qu'elle est la clé de ma réussite. Mon plan est parfait.

C'est du moins ce que je crois.

* * *

Quand j'arrive au vestiaire, les gars sont presque tous déjà habillés et attendent en discutant. Je sors mon équipement et m'assois sur l'un des bancs à côté de Louis.

— Je me demande qui l'entraîneur va choisir pour commencer, dit-il d'une voix calme.

Il incline la tête vers Émile Bosco et lève un sourcil à mon intention.

— Je ne sais pas, dis-je en pensant à tous les efforts que j'ai fournis durant les entraînements.

Ce devrait être moi. Par contre, si Émile commence, sa chute va se produire plus tôt dans la partie. Ce qui me convient tout à fait aussi.

Émile Bosco me jette un coup d'œil et me fait un rapide salut de la tête. Je le salue à mon tour, mais ne dis rien. Je me sens juste un tout petit peu coupable. Il m'a vraiment aidé en maths et je lui rends la politesse en orchestrant sa destruction sur la glace. Mais, comme il adore me le rappeler, il est *payé* pour m'aider, et ça ne fait pas de nous des amis.

— Alors, les gars, nous sommes prêts? demande l'entraîneur O'Neal.

Il tape des mains pour obtenir notre attention.

— Oui, répondent quelques-uns d'entre nous.

Les yeux de l'entraîneur passent lentement sur chacun de nous.

— Qu'est-ce que c'est que ça? Une classe de maternelle? On recommence. Est-ce que nous sommes prêts?

— Ouiii! crions-nous en levant nos bâtons dans les airs comme si nous partions au combat, ce qui est le cas.

— J'aime mieux ça! Vous m'avez fait peur, pendant un instant, les gars.

Il regarde ses notes.

— C'est bon. Je veux Michaud, Berger, Simpson, Chen et McDonald d'abord.

Je souris. Je commence, ce qui veut dire que mes efforts ont porté des fruits. Je regarde rapidement Émile Bosco, occupé à remettre du ruban sur son bâton. Ou moins, faisant semblant de s'occuper.

Ce sentiment de culpabilité revient me tarauder. Il y a une partie de moi qui se sent désolée pour lui. Après tout, il porte un nouveau chandail, il a de nouveaux coéquipiers et pour la première fois, il ne fait pas partie du premier trio.

Je chasse cette pensée. L'autre partie de moi est trop pleine d'enthousiasme pour se soucier de qui que ce soit. La saison commence et ce sera la meilleure jusqu'à maintenant!

Nous quittons le vestiaire et nous dirigeons vers la patinoire. Je donne une claque dans le dos de Louis au passage.

— Génial, me dit-il en me remettant un coup de coude. Aile droite, premier trio. Tu as réussi!

— Tu vas réussir aussi, lui dis-je. Il te fait jouer en première période, c'est certain.

— J'espère, dit Louis. Ma grand-mère est ici.

Je me rappelle l'avoir vue assister à quelques parties la saison dernière. Elle a l'air d'une grand-mère, mais elle se comporte comme une partisane. Elle crie même contre l'arbitre et quand je la vois, je suis plutôt content que ma grand-mère à moi habite Burnaby.

Comme il reste quelques minutes avant le début de la partie, les autres gars et moi nous réchauffons sur la patinoire. Je fais quelques longueurs tout en examinant les Tortues de Bayview. Les adversaires sont aussi intimidants que leur nom. Ils sont dans l'ensemble de taille moyenne, et quelques-uns sont relativement petits.

Petits, mais plus grands que moi, évidemment.

— Je pensais que les enfants jouaient le dimanche, me lance l'un d'eux en passant.

Je ne m'en préoccupe pas.

— Mais il est en deuxième année, celui-là!

Très drôle.

— Ce doit être le petit frère d'un joueur, dit un autre.

— Ouais, un genre de mascotte.

Je les ai toutes entendues. Année après année.

Mais quand ils vont voir mon lancer frappé, ça va leur clouer le bec. Et quand ma fichue poussée de croissance se produira enfin, je n'aurai plus à supporter leurs remarques agaçantes sur ma taille.

— Mais qui c'est, *celui-là*? demande l'un d'eux.

— Bon sang, c'est Hercule?

Je n'ai pas à me retourner pour savoir de qui ils parlent. Je me suis presque dit la même chose en apercevant notre géant pour la première fois.

— Oh, c'est Émile Bosco, grogne l'un des gars. Je croyais que nous n'aurions pas à jouer contre lui avant quelques semaines.

— On dirait que les Cougars l'ont cloné, dit l'un d'eux en soupirant.

Je patine en direction opposée, déjà fatigué de les entendre. C'est de *moi* qu'ils devraient s'inquiéter. C'est moi qui vais patiner en cercle autour d'eux.

Je fais quelques tirs de pratique et me réjouis de constater qu'ils atteignent tous le but.

La sonnerie retentit, marquant le début de la partie.

Nous prenons nos positions et je me trouve face à face avec Sébastien Santerre. Il me regarde furtivement et je grogne en retour.

Je vois dans son visage qu'il se rappelle avoir joué contre moi la saison dernière. Je l'ai mis en échec à quelques reprises. Il laisse échapper une lente expiration et je souris intérieurement.

Je suis petit, mais il me craint.

Maman dirait que je ne devrais pas me réjouir de ça, mais c'est pourtant le cas. Même s'il ne me regarde plus, je continue de le fixer encore quelques secondes, jusqu'à ce que l'arbitre laisse échapper la rondelle.

C'est parti!

Jérémie s'empare de la rondelle, la passe à Colin, qui fonce en direction du but. Le gars qui est censé me surveiller au centre de la glace n'a sans doute même pas le temps de se rendre compte que je ne suis plus là, que je me trouve déjà à mi-chemin vers le filet. Je n'entends plus que les encouragements de la foule, le crissement des patins sur la glace et ma propre respiration.

Vas-y, Colin!

Je me sens plus vivant ici que nulle part ailleurs.

Colin semble vouloir tirer au but, alors je me positionne pour prendre le retour au cas où le gardien ferait dévier la rondelle. Je m'accroupis, prêt à bondir si la rondelle s'approche de moi.

Et la voilà!

Le tir de Colin frappe le poteau et la rondelle ricoche de mon côté. Je la coince avec mon bâton pour qu'elle ne rebondisse pas sur la glace, puis je patine en direction du but. Je fais semblant de tirer, puis disparais derrière le filet. Comme je sais que le gardien a du mal à me voir derrière lui, je traîne un peu en jouant avec la rondelle pendant que les spectateurs me crient de lancer. L'un des joueurs des Tortues essaie de me couper le chemin avec son bâton, mais je passe vers le côté gauche du filet en serrant de près.

Le gardien regarde toujours à droite.

Parfait!

D'un geste rapide, je fouette la rondelle dans le coin du filet.

Ouais!

Je viens de compter le premier but de la saison!

Tous les joueurs des Cougars patinent vers moi en me félicitant et en me frappant le bras.

— Beau but, Croquette!

— Super!

Je suis survolté et fier de moi, mais je m'arrange pour ne pas le laisser paraître. Je regagne simplement la ligne rouge, prêt à protéger notre filet ou à m'emparer de la rondelle.

Ou les deux.

Quatre minutes après le début du match, Colin compte grâce à un tir magnifique qui passe directement entre les jambes du gardien. Immédiatement après la sixième minute de jeu, les Tortues parviennent à compter, puis je compte de nouveau.

À sept minutes, l'entraîneur O'Neal demande l'arrêt du jeu.

Et c'est à ce moment-là que tout s'écroule.

Chapitre douze

Quand l'arbitre siffle, nous patinons jusqu'au banc des joueurs et nous appuyons sur la bande. Je suis un peu essoufflé, mais je constate à quel point mon entraînement de l'été en a valu la peine lorsque je regarde Patrick et Colin, tous deux hors d'haleine.

— Beau jeu, les gars, dit l'entraîneur. Vous ne les avez pas lâchés et vous avez bien travaillé en équipe. Je suis content de ce que je vois.

C'est exactement ce que je veux entendre. Tous les cinq, nous sommes une super formation partante, et je suis soulagé que l'entraîneur le constate aussi tout de suite. Et si je continue de faire mes preuves (ce que je prévois faire), il n'y aura rien pour m'arrêter. Petit ou pas, j'arriverai enfin à convaincre l'entraîneur de me laisser jouer contre les Requins du Littoral. Ces monstres ne verront rien passer, et plus encore : ce sera ma meilleure saison.

Et Émile Bosco reste sur le banc.

S'il me regardait, je lui sourirais, mais ses yeux sont rivés sur l'entraîneur. L'espace d'un instant, je me demande si la famille d'Émile est dans les gradins et se demande pourquoi il n'est pas sur la glace. Je chasse cette pensée, parce que j'ai bien d'autres préoccupations.

Par exemple, le jeu.

Je n'ai jamais compté plus de trois buts durant une partie, mais cette fois, je pourrais en compter quatre, cinq, ou même plus! Bientôt, mon nom sera digne de figurer dans *Et c'est le but! Troisième édition*, et...

— Bon, je vais faire quelques changements, à présent, dit l'entraîneur.

Quelques changements?

— McCafferty, tu prends la place de Chen.

Dommage. Patrick a fait de belles passes. Mais David McCafferty « l'ébouriffé » est très bon, lui aussi. Il pourra m'envoyer la rondelle, et là, je…

L'entraîneur interrompt ma réflexion :

— Bosco, tu vas remplacer McDonald.

— Quoi!

J'ai presque poussé un croassement. Il me retire. Mais je viens de compter *deux* buts!

Ça n'a aucun sens.

Émile Bosco se lève et saisit son bâton. Il s'approche de la glace et je n'ai plus qu'une chose à faire. Ce n'est peut-être pas juste, mais je dois revenir sur la patinoire le plus rapidement possible, et il n'y a pas trente-six solutions. C'est l'heure de la *kryptonite*.

En passant devant Émile Bosco pour regagner ma place sur le banc, je regarde dans les gradins et secoue la tête.

— Bon sang, je déteste quand ma sœur assiste à la partie!

Émile se tourne brusquement pour voir de quel côté je regarde.

— Elle est ici?

— Ouais, dis-je, les yeux au ciel. Génial!

Pendant qu'il la cherche du regard, j'attends de voir l'expression, style carpe, sur son visage.

Comme je ne vois rien, j'en rajoute un peu :

— Virginie McDonald, notre plus grande partisane.

— Super! dit Émile Bosco en souriant avant de s'élancer sur la glace.

Super? Comment, *super*! Il était censé devenir tout bizarre et nerveux comme il l'avait été pendant notre rencontre d'étude. Il était censé basculer sur la glace comme s'il n'avait jamais patiné. Il était censé tout rater. Il n'était pas censé *sourire*.

Déçu, je fronce les sourcils et je m'effondre sur le banc. D'habitude, je garde mes mauvais calculs pour le cours de maths.

Kryptonite?

Mouais...

Émile Bosco est en fait *heureux* que ma cruche de sœur le regarde jouer.

Au coup de sifflet, il fonce sur la rondelle comme si sa vie en dépendait, et c'est moi qui ai l'air d'une carpe. Il met en échec le joueur de centre des Tortues et s'empare de la rondelle en moins de deux secondes, puis contourne deux autres joueurs pour aller tirer au but. Et compte.

Zut!

La foule se lève pour l'applaudir. J'ai l'estomac noué.

Émile Bosco jette un rapide coup d'œil dans les gradins du côté où ma famille est assise, sourit, puis se concentre de nouveau sur le jeu.

Qu'est-ce que j'ai fait? Virginie était censée détruire son jeu. Elle ne devait pas *l'améliorer!*

Durant les six minutes qui suivent, je regarde Émile Bosco prendre la rondelle, la passer, la lancer au but jusqu'à ce que le pointage en arrive à 8 pour les Cougars de Cutter Bay, contre 2 pour les Tortues.

Le pire, c'est que ça m'est égal que nous gagnions. Finalement, Émile Bosco est en train de me voler ma place dans le trio de départ. Tout mon plan s'écroule comme un château de cartes.

L'entraîneur ne me rappelle pas sur la patinoire avant la deuxième période. Là, je me lance et joue mieux que jamais. Je lutte pour saisir la rondelle et arrive à compter un autre but.

Prends ça!

Je fais une passe décisive à David, ce qui nous vaut un nouveau but, mais je sais que ça ne suffit pas et je me mets à paniquer. Tout à coup, je n'arrive plus me concentrer sur le jeu.

C'est à ce moment-là que l'arbitre siffle et me colle une punition pour bâton élevé.

Bâton élevé!

Je vais passer deux précieuses minutes sur le banc des pénalités.

C'est pas vrai!

Alors que mes coéquipiers ne sont que quatre sur la glace, les Tortues profitent d'un jeu de puissance et j'ai tellement hâte de retourner au combat que j'en bave presque.

Lorsque les adversaires finissent par compter et que ma punition se termine, je m'élance comme une fusée. Sans tarder, je patine derrière un joueur des Tortues et tente de le contourner pour lui voler la rondelle, mais bien involontairement, je le fais trébucher avec mon bâton.

Encore deux minutes au banc des pénalités!

Je n'en reviens pas! Je n'ai *jamais* de punitions. Papa m'a toujours appris à jouer selon les règles et là, je gâche tout!

Puisque les Tortues ne comptent pas, je dois passer tout le temps de la punition assis sur le banc le rouge aux joues, sachant que je vais en entendre parler sur le chemin du retour à la maison. Et je me doute bien que l'entraîneur aura lui aussi des choses agréables à me dire.

Émile revient au banc des joueurs pour reprendre haleine, mais il s'assoit à l'autre extrémité, les yeux rivés sur la partie.

Louis est le plus proche de moi, mais chaque fois qu'il essaie de me parler par-dessus la cloison du banc des pénalités, je l'en empêche. Je n'ai besoin de personne pour me réconforter. Ce qu'il me faut, c'est retourner sur la glace.

Lorsque ma deuxième punition est sur le point de se terminer, je me lève tel un ressort, prêt à leur en faire voir de toutes les couleurs.

— Assieds-toi, dit l'entraîneur.

— Quoi?

Je ne comprends plus rien.

— C'est Bosco qui ira.

— Mais…

— Il faut que tu apprennes à maîtriser ton bâton, Croquette.

Je n'en crois pas mes oreilles!

— Mais je…

— On ne peut pas leur donner constamment des jeux de puissance.

Je ne regarde même pas vers les gradins, sachant que je lirai la déception sur le visage de mes parents. Je me dis que les choses ne peuvent pas aller plus mal, mais quand arrive la troisième période et que l'entraîneur laisse Émile Bosco au jeu, je sais que je n'ai plus rien à attendre de cette journée. À l'exception des parties contre le Littoral, je n'ai jamais passé deux périodes entières sur le banc.

— Il faut que tu évites les punitions, Croquette, me dit Louis.

Je suis tellement furieux, que sans même réfléchir, je lui réponds :

— Qu'est-ce que tu en sais, toi? Tu passes ton temps sur le banc.

Mon meilleur ami dans l'équipe me regarde un instant, et j'ai l'impression d'avoir été sans cœur.

— Tu as passé plus de temps que moi sur le banc aujourd'hui, réplique-t-il calmement.

Je me sens minable.

Il reporte son attention sur le jeu, où Émile Bosco vient encore de compter.

— Il est génial, dit Jérémie.

— C'est notre meilleur ailier, ajoute Louis en hochant lentement la tête.

Aïe!

Émile Bosco patine à reculons jusqu'à la ligne rouge. Il joue les vedettes. Qu'est-ce qu'il s'imagine? Que les gens vont lui lancer des fleurs, peut-être?

C'est du hockey, bon sang! Pas du patinage artistique!

* * *

Nous gagnons la partie 14 – 6.

Nous n'avons jamais compté autant de buts et tous les gars de l'équipe sont vraiment contents. Tous sauf moi, je veux dire. Je suis le dernier à regagner le vestiaire. Je ne veux pas entendre tout le monde féliciter Bosco, alors je marche vraiment lentement.

Comment mon plan génial a-t-il pu se transformer en un tel désastre?

— On a un problème, McDonald? dit l'entraîneur, derrière moi.

Il ne manquait plus que ça.

— Non.

— Il y a quelque chose dont tu veux me parler?

— Non, dis-je soupirant.

— Un problème avec Bosco?

— Oui, dis-je en me retournant pour lui faire face. Il me vole ma position et...

— Personne ne te vole quoi que ce soit.

— Oui, il me vole ma place. J'étais...

— Croquette, c'est toi qui la lui laisses.

Qu'est-ce qu'il raconte?

— Mais non. Je jouais...

L'entraîneur termine ma phrase :

— ... d'une façon désordonnée.

Je me mets à discuter, mais je sais qu'il a raison.

— Deux punitions en quoi, quatre minutes? Ça ne te ressemble pas.

— Je sais, dis-je en fronçant les sourcils.

— Tu es un bien meilleur joueur que ça, dit l'entraîneur.

Il se gratte le front et poursuit :

— Est-ce que tu comprends pourquoi je ne t'ai pas demandé de revenir au jeu?

— Oui.

— Nous ne pouvons pas nous permettre de jouer à quatre contre cinq à cause d'erreurs stupides.

— Je sais.

— Nous ne sommes plus au niveau atome. Bien sûr, il me faut des gars qui jouent avec cœur, mais ils doivent aussi respecter les règles.

— C'était par accident que le gars a trébuché sur mon bâton, dis-je.

Et c'est la vérité.

— Mais le bâton élevé, c'était voulu, dit tranquillement l'entraîneur.

C'est aussi la vérité. Je me sens rougir de nouveau.

— Désolé, *coach*.

— Alors, dit-il en me donnant une petite tape dans le dos, tu vas retenir la leçon?

— Oui.

— Parfait. Parce que nous allons avoir besoin de toi pour jouer contre les Thunderbirds la semaine prochaine.

Il y a une question qui me brûle les lèvres, mais j'ai peur de la réponse. Je prends une inspiration profonde et je la pose malgré tout.

— Est-ce que ce sera moi qui vais commencer?

Il me regarde un instant.

— Nous verrons comment ira l'entraînement.

Je n'arrive pas à cacher ma déception.

— Oh.

Il fronce les sourcils.

— Je n'ai pas dit non, Croquette.

— Je sais.

— Je dis simplement que tu dois me montrer ce dont tu es vraiment capable.

— D'accord, dis-je en hochant la tête alors que j'ouvre la porte du vestiaire.

Avant même d'entrer, j'entends les voix enthousiastes de mes coéquipiers. Je m'avance dans le couloir en réfléchissant à ce que m'a dit l'entraîneur. Je dois faire mes preuves et j'en suis capable. Je n'ai pas joué au hockey toute ma vie pour rester assis sur le banc. Je veux faire partie du premier trio.

Et si je fais de mon mieux, je ne vois pas pourquoi je n'y arriverais pas.

N'est-ce pas?

Chapitre treize

— Eh bien! quel match! dit papa en me jetant un coup d'œil dans le rétroviseur sur le chemin du retour.

— Tout un match, dis-je d'une voix calme.

Je n'ai pas envie d'en parler.

— Tu as joué comme une brute, dit Virginie en secouant la tête. Une vraie brute.

Je marmonne.

— J'essayais de gagner.

— Tu aurais mieux fait d'essayer de bien jouer, dit papa.

— C'est ce que je *faisais*.

— Nous étions là, chéri, dit maman. Tu étais désinvolte.

— C'était des punitions sans gravité, fais-je remarquer.

Pour un peu, on croirait que j'ai tenté d'écraser quelqu'un avec la Zamboni!

— Tu tâcheras de faire un peu plus attention, au prochain match, dit papa. La victoire, c'est bien, mais l'esprit sportif aussi.

— Est-ce qu'il faut absolument qu'on discute de ça?

— Pas si nous nous sommes bien compris, dit maman.

— Nous nous sommes compris, dis-je.

Puis je regarde par la fenêtre.

* * *

Je passe le reste de la journée à nettoyer ma chambre. Maman m'a dit qu'il le fallait, sinon… Et je n'ai même pas voulu savoir ce que ça voulait dire.

Après le souper, j'allume l'émission du Grand Dan juste au bon moment.

« C'est demain le grand soir, les amis », dit-il.

— Quel grand soir? demande papa qui entre dans la cuisine pour se servir du lait.

— Le grand prix. C'est demain que le Grand Dan va offrir le tir de la ligne rouge, dis-je à voix basse.

— Waouh! dit-il.

Il s'appuie sur le comptoir pour écouter.

« La question de ce soir, pour mériter un bâton autographié par nul autre que Sergei Federov... »

Je chuchote :

— Hé, ça, c'est un méchant prix!

— Tu veux tenter ta chance? demande papa.

Je fais non de la tête.

— C'est interdit de gagner plus d'une fois.

— Et si tu connais la réponse d'aujourd'hui, et pas celle de demain?

Ce serait nul, complètement, mais c'est le risque que je suis prêt à courir.

— Je veux ce tir plus que n'importe quoi d'autre, papa. Il faut que j'essaie.

« Vous êtes prêts? » demande le Grand Dan à ses auditeurs.

— Oui! répondons papa et moi à l'unisson, le sourire aux lèvres.

« Nous prendrons le septième appel et la question est la suivante : Pour quelle équipe Mark Messier a-t-il compté le plus de buts? »

Je crie :

— Les Rangers!

Pour un bâton de Sergei Federov? Il est dingue, le Grand Dan! Sa question est bien trop facile!

— Je pense que c'était pour les Oilers, dit papa.

— Quoi? Mais Gretzky...

Papa réfléchit, les yeux rivés au plancher.

— Gretzky a peut-être compté plus de buts que Messier pour les Oilers, mais ce qu'on nous demande, c'est où *Messier* a compté le plus de buts. Il a joué pour trois ou quatre équipes durant sa carrière et...

Papa se gratte la tête.

— Ça ne peut pas être les Canucks.

— Sûrement pas, dis-je.

« Qui est au bout du fil? » demande le Grand Dan.

« Paul, de Kitchener. »

« En Ontario? » dit l'animateur qui semble impressionné.

« Oui, je suis en visite chez ma sœur. »

« D'accord. Eh bien, Paul, vous êtes le septième à nous téléphoner. Alors, quelle est votre réponse? »

« Les Oilers? »

« Vous semblez poser une question! »

« Désolé. Les Oilers. »

« Et vous avez raison! »

Je dois admettre que mon père connaît son affaire!

— Tu vas m'aider demain soir, hein papa?

— Bien sûr, dit-il. Seulement, il ne faut pas crier victoire trop vite. Je parie que la dernière question ne sera pas facile.

Il a sans doute raison.

* * *

Le lendemain soir, je prends des assiettes et tout ce qu'il faut pour mettre la table. C'est le tour de papa de cuisiner. Il prépare des *sloppy joes*, ces gros hamburgers garnis d'une viande bien assaisonnée que j'adore.

— Je crois qu'il nous manque certains groupes alimentaires, fait remarquer maman en regardant la casserole où mijote la préparation.

Elle sort quelques légumes du frigo.

— Tu peux nous préparer une salade, Vivi?

Ma sœur se met à l'œuvre, tranchant ou coupant en dés du céleri, des tomates et du concombre.

— Alors, Jonathan, c'est le grand soir? demande papa en ajoutant du sel et du poivre à la viande.

— Le grand soir de quoi? répète maman.

— La dernière question du Grand Dan.

— Est-ce que nous sommes censées savoir de quoi vous parlez? demande Virginie.

— C'est une émission de radio où l'animateur pose chaque soir une question…

— Sur l'histoire ou un truc du genre?

— Non, sur le hockey.

— J'aurais dû m'en douter, dit ma sœur en levant les yeux au ciel.

— Et qu'est-ce qu'on gagne? demande maman.

— Il y a eu des prix intéressants tous les soirs, mais aujourd'hui, ce sont des billets pour une partie des Canucks, et…

— À Vancouver? dit Virginie.

— Évidemment, c'est là qu'ils jouent!

Ma sœur reste bouche bée.

— Il va aller à Vancouver? demande-t-elle à maman.

— Il n'a rien gagné, lui répond maman.

Je grogne :

— Merci pour ton vote de confiance!

Elle m'adresse un clin d'œil.

— Je voulais dire : *encore* rien gagné, chéri. Dis donc, ce serait formidable d'assister à une partie des Canucks!

— Formidable, tu dis? Ce serait la chose la plus extraordinaire de ma vie! Mais ce n'est pas tout.

Je prends une inspiration profonde, parce que juste d'y penser me fait presque faire de l'hyperventilation!

— Durant la partie, le gagnant fait un tir de la ligne rouge, et…

— Il y a un gardien de but? demande Virginie.

— Filet désert, dis-je sans la regarder. Et si je compte, je reçois plein d'articles autographiés et 5 000 $!

— Respire par le nez, petit frère, dit Virginie.

— Quoi?

— Tu n'as même pas encore entendu la question, alors tu ne sais pas si tu auras la réponse, et même si tu connais la réponse, il faut que ce soit ton appel qui passe.

— Ça va fonctionner, je te dis. Ils prennent le septième appel, et ce sera le mien. C'est mon destin.

— Ton destin? demande papa en me regardant, le sourcil levé, puis en regardant maman.

— Mon destin, dis-je encore une fois.

— Bon, eh bien en attendant ce grand moment, ton destin est de finir de mettre la table, dit maman en montrant du doigt la salle à manger.

— Tout est sous contrôle, dis-je en prenant quelques serviettes de plus pour nos *sloppy joes*.

* * *

Tout au long du souper, pendant que Virginie nous parle d'un nouveau salon de coiffure qu'elle veut essayer, je répète dans ma tête le numéro de téléphone du Grand Dan sans pouvoir m'arrêter. Je n'arrive pas à croire que le jour du grand prix soit finalement arrivé. Je suis nerveux et fébrile, mais surtout fébrile. Mes émotions n'ont toutefois pas d'effet sur mon appétit, et je me ressers une portion.

Je jette un coup d'œil à l'horloge de la cuisine.

Plus qu'une heure vingt.

Pendant que maman et papa expliquent à Virginie que ses goûts pour les salons de coiffure haut de gamme pourraient signifier qu'elle devrait songer à se trouver un emploi à temps partiel, j'essaie de me remémorer quel a été le joueur le plus utile à chaque Coupe Stanley, en commençant par l'année dernière.

Je croyais que ce serait facile, et ç'aurait dû l'être.

Une heure, onze minutes.

Je débarrasse la table et remplit le lave-vaisselle même si ce n'est pas mon tour, histoire de faire passer le temps un peu plus vite.

De retour dans ma chambre, je parcours *Et c'est le but! Troisième édition*, mais chaque fois que je tombe sur un renseignement que je ne connaissais pas, je panique complètement. J'aurais dû consacrer plus de temps à étudier.

Encore 40 minutes.

Je tourne les pages lentement en essayant de les mémoriser.

Et si le renseignement qu'il me faut ne se trouvait même pas dans *Et c'est le but! Troisième édition?* S'il était dans la *quatrième* édition, toujours en rupture de stock à la librairie? Je n'ai rien vu d'autre que la couverture. Quelle quantité d'information ont-ils bien pu ajouter?

Vingt-trois minutes.

J'ai les mains moites.

Le Temple de la renommée du hockey se trouve à Toronto.

Alex Kovalev est le premier joueur russe à avoir été transféré au premier tour dans la LNH.

Les Red Wings de Detroit ont été la première équipe à ajouter le numéro sur la manche de leur chandail.

Sergei Federov portait le numéro 18 lorsqu'il jouait en Russie.

Comment vais-je faire, pour me rappeler tout ça?

Nouveau coup d'œil à l'horloge.

Six minutes.

C'est presque l'heure!

Je me précipite au rez-de-chaussée et grimpe sur une chaise de cuisine pour prendre la radio et la poser sur la table.

— Qu'est-ce que tu fabriques? demande Virginie juste au moment où je soulève le poste.

Surpris, je sursaute, l'appareil me glisse des mains et j'ai beau essayer de le rattraper, c'est peine perdue. Nooon!

Je pousse un cri en regardant la radio tomber comme au ralenti, puis éclater sur le sol en mille morceaux.

— C'est quoi, ton problème? demande Virginie juste au moment où maman et papa accourent.

— Que s'est-il passé? demande maman.

— Disons que Croquette n'a pas vraiment une prise de kung-fu, dit Virginie avec un petit sourire.

Je hurle :

— Ce n'est pas drôle. Le concours commence dans environ quatre minutes!

— Relaxe, Jonathan, dit maman. Aide-moi plutôt à nettoyer tout ça.

— Je n'ai pas le temps maintenant, dis-je la gorge serrée en courant vers l'escalier. Je nettoierai après la grande question.

J'entends maman demander :

— La grande question, c'est ainsi qu'il va payer une nouvelle radio?

Avec mon grand prix de 5 000 $, bien sûr.

Je fonce vers la chambre de mes parents et allume la radio du réveil de papa. Aaah, elle est réglée sur Radio-Canada! Je tourne le cadran aussi vite que possible pour retrouver le Grand Dan et l'attrape au moment de la pause publicitaire.

Fiou!

Je cours à ma chambre chercher *Et c'est le but! Troisième édition*, puis reviens au pas de course vers la chambre de papa et maman. Je bondis sur le lit, froissant la couette.

Bon, j'ai tout ce qu'il me faut. J'avale péniblement ma salive. Il me manque le téléphone. C'est pas vrai!

Je me relève de nouveau précipitamment et fonce dans la cuisine. Maman s'affaire déjà à ramasser les morceaux de la radio écrabouillée.

— Je te promets que je vais le faire dès que le concours sera fini, lui dis-je en allongeant le bras vers le téléphone.

Bon sang, il n'est pas là!

Il n'y a qu'un chargeur vide.

À ce moment précis, j'entends la voix de Virginie dans le salon et je sais que c'est elle qui tient le récepteur. Il n'est jamais facile de la convaincre de quitter le téléphone, mais je suis prêt à l'affronter, s'il le faut.

Je repars au pas de course vers le salon, la main tendue, prêt à recevoir le récepteur comme dans une course à relais. Mais elle couvre plutôt le bas du récepteur en me regardant de travers.

— Quoi?

— Le concours! J'ai besoin du téléphone!

— Mais, je suis en train de…

Je lui arrache le téléphone des mains avant qu'elle ait pu terminer.

— Elle va te rappeler, dis-je à je ne sais qui, puis je raccroche.

— Non, mais tu te crois tout permis? crie ma sœur en me pourchassant,

— Je veux ma chance sur la ligne rouge!

C'est ce que je lui lance par-dessus mon épaule en montant l'escalier comme une fusée.

Je plonge sur le lit de papa et maman juste au moment où le Grand Dan reprend l'antenne.

« Alors, dit-il, allons-y tout de suite avec ce grand prix! »

Ouais!

Les mains moites et tremblantes, je compose le numéro que j'ai appris par cœur. Enfin, je compose tous les chiffres, sauf le dernier. En entendant la question, j'appuierai sur le quatre et je croiserai les doigts pour être le septième auditeur à téléphoner. J'ai préparé ma stratégie dès le début et si par exemple je suis le troisième, je suis prêt à appuyer tout de suite sur le bouton de recomposition.

Je croise les jambes, les allonge, puis tire sur le col de mon chandail en coton ouaté.

Pourquoi est-ce qu'il fait si chaud, en haut?

Penguins, Bruins, Flames, Leafs, Ducks.

Je prends une profonde inspiration.

Hull. Lemieux. Brodeur. Orr. Roy.

La tonalité du téléphone se fait entendre parce que j'ai attendu trop longtemps.

Zut!

Je raccroche et compose de nouveau, moins le dernier chiffre. Puis je me retourne sur le lit pour être plus à l'aise. Je m'étonne de voir toute ma famille qui m'observe dans l'encadrement de la porte.

Je chuchote :

— Ça ne prendra qu'une minute.

Maman acquiesce et s'appuie sur papa.

Virginie est silencieuse, mais je suis sûr qu'elle aura beaucoup à dire tout à l'heure.

« Et la grande question de ce soir porte sur les gardiens de but », dit le Grand Dan.

— Tu t'y connais en gardiens de but? demande Virginie.

— Chuut, dis-je, le cerveau bouillonnant de renseignements.

Le gardien de but des Canucks est également leur capitaine.

Une rondelle est faite de caoutchouc vulcanisé.

Terry Sawchuk est le gardien qui a enregistré le plus grand nombre de blanchissages en carrière.

C'est le juge de but, et non l'arbitre, qui décide si un but est compté.

Et bien sûr, trois buts comptés par un même joueur au cours d'une partie sont ce qu'on appelle « le tour du chapeau ».

« C'est parti, dit le Grand Dan. Pour deux billets à un match des Canucks et la chance de compter de la ligne rouge et de remporter 5 000 $...

— Cinq mille dollars! s'exclame maman.

— Je te l'ai déjà dit!

Je souris, imaginant un porte-monnaie tellement gonflé, qu'il n'entre pas dans ma poche.

— Il est quand, ce match? demande Virginie.

Maman, papa et moi lui faisons tous « chuuut! » en chœur.

« Nous demandons à la septième personne qui téléphonera de nous dire quel était le gardien de but qui faisait peindre des points de suture sur son masque chaque fois qu'il recevait un coup au visage. »

Je laisse échapper une longue expiration saccadée.

— Seigneur, soupire papa. Désolé, fiston.

Eh bien moi, je ne suis pas désolé du tout. Je suis étonné. Je murmure que je connais la réponse et j'appuie sur le quatre aussi vite que je le peux.

— Quoi? s'exclame papa.

— Je le sais, dis-je plus fort.

— C'est pas vrai! dit Virginie.

Le téléphone sonne.

— Comment diable est-ce que tu sais ça? demande maman.

Le téléphone sonne de nouveau et j'arrive à peine à respirer.

Il sonne une troisième fois.

« Ici le Grand Dan », dit une voix à mon oreille, puis la radio se met à grésiller.

— Éteins le poste, dit papa.

Il s'approche de moi et débranche le radio-réveil qui brouille le son.

« Ouille! dit le Grand Dan, je suis vraiment réveillé, à présent. Qui est au bout du fil? »

— Croquette... je veux dire Jonathan.

« Et d'où nous appelles-tu, Jonathan? »

— De Cutter Bay.

— Il est en ondes? chuchote Virginie.

— Chut, lui répète maman.

« Et tu as une réponse, Jonathan? » demande le Grand Dan.

— Oui.

« Alors, auditeur du septième appel, quel gardien de but portait un masque couvert de points de suture? »

Je me racle la gorge.

— Jerry Cheevers, dis-je.

« Jonathan de Cutter Bay, tu as entièrement raison! »

Je n'en reviens pas. Je m'écrie :

— J'ai gagné?

Toute ma famille se met à sauter de joie et à agiter les bras dans les airs.

« Tu as gagné. Je vais mettre ton appel en attente pour qu'un gars de l'équipe te donne tous les renseignements nécessaires. »

À présent, je ne pense plus qu'à une seule chose : compter de la ligne rouge.

Chapitre quatorze

Il se trouve que la partie des Canucks à laquelle j'assisterai aura lieu dans un mois. Je dois donc attendre quatre longues semaines avant mon fameux tir.

Malheureusement, cet événement n'est pas ma seule préoccupation. Avec toute l'agitation occasionnée par le concours, j'ai complètement oublié la rencontre parents-enseignants.

Mais maman et papa, eux, y ont pensé.

Lundi soir, à leur retour de la rencontre, je suis plongé dans la lecture du dernier chapitre de *Vingt mille lieues sous les mers*.

— Jonathan, voudrais-tu descendre ici, s'il te plaît?

Je leur crie que j'arrive dans une minute en essayant d'accélérer la lecture. Je suis étonné de m'intéresser autant à la façon dont l'histoire va se terminer.

— Tout de suite! crie maman.

Oups...

Je glisse un signet entre les pages et prends une grande inspiration. Qu'est-ce qu'il y a, encore?

Quand j'arrive au rez-de-chaussée, maman et papa sont assis à la table de la salle à manger, tous les deux du même côté. Il y a une chaise devant eux et sur un signe de tête de papa, je m'assois.

Maman pose les deux mains à plat sur la table et les regarde un instant.

— Alors, qu'est-ce que tu as à me dire au sujet de la classe de M. Houle? me demande-t-elle.

Double oups...

— Euh, elle est au deuxième étage, deux portes après la

bibliothèque, et...

— Pas l'endroit, Jonathan, le cours lui-même, dit maman.

— Euh, je pense que nous sommes environ 25, et bien sûr, M. Hou...

— Jonathan, prévient papa, tu sais très bien de quoi nous voulons parler.

Malheureusement, je le sais, oui.

— Nous avons appris beaucoup de choses, ce soir, dit maman en fronçant les sourcils. M. Houle nous a fourni une foule de renseignements sur la relation enseignant-élève.

— Et plus particulièrement, sur le fait que lui donne des devoirs et que *toi*, tu ne les fais pas.

Zut!

Je me demande bien qui a inventé ces satanées rencontres parents-enseignants. Comme si j'avais besoin que tous les adultes se réunissent et discutent de mon cas!

— J'en ai fait une partie, dis-je.

— Quarante-six pour cent, dit maman.

Zut.

Pour ça, on peut se fier à M. Houle : son pourcentage est sûrement exact.

— Écoutez j'ai essayé de...

Maman termine ma phrase :

— Gagner des parties de hockey, participer à des concours?

J'ai tout à coup un nœud dans l'estomac.

— Écoute, mon gars, dit papa en se penchant vers moi. Comme nous l'avons répété bien des fois déjà, quand l'école en souffre...

— ... on fait une croix sur le hockey, dit Virginie qui arrive de la cuisine.

Elle parle en mastiquant une grosse bouchée de banane tout écrabouillée.

Ouais, ouais, je connais la chanson. Bla, bla, bla. Ils ne peuvent pas être sérieux? Je regarde tour à tour chacun des deux visages qui se trouvent devant moi, et mon estomac se noue encore un peu.

Ce doit être une blague! N'est-ce pas?

— Ce n'est pas une blague, déclare maman. Tant que tes notes de mathématiques ne remonteront pas, tu restes officiellement sur le banc.

— Mais...

— Et nous ajoutons une rencontre de tutorat par semaine, poursuit-elle.

— Émile Bosco est sur le point d'emménager ici, dit papa. Nous devrions peut-être préparer la chambre d'invités.

— Mais...

— Nous n'en sommes plus aux « mais », dit papa, qui pose une main sur mon épaule en secouant la tête.

— Tu es un garçon qui a beaucoup de chance, Jonathan McDonald, dit maman.

— Ah oui?

Je n'ai pourtant pas cette impression.

— Je voulais que ton voyage à la partie des Canucks dépende de tes notes de maths.

Je manque de m'étouffer.

— Mais je l'ai *gagné*, ce voyage, et...

— Tu n'as pas à t'inquiéter, ton père m'a fait changer d'avis, coupe maman. Je te le dis, tu as beaucoup de chance.

Je n'ose plus discuter.

***

Finalement, la longue conversation qu'ont eue mes parents avec mon enseignant de mathématiques m'apprend que les trois adultes sont de connivence, ce qui me rend la vie plus dure que jamais.

Le mardi, juste avant de quitter la classe d'un autre cours de maths qui m'a laissé perplexe, M. Houle m'appelle à son bureau. Les derniers élèves qui tardaient à sortir ricanent, puis le silence s'installe dans la pièce.

— M. McDonald, dit M. Houle.

Il s'adosse à sa chaise et m'observe par-dessus ses lunettes.

— Oui?

— On a eu de la difficulté cette année, n'est-ce pas?

Je sais que lorsqu'il dit « on », en fait il parle de moi.

— Oui, dis-je.

— Le taux d'achèvement des devoirs a nettement laissé à désirer.

Comme il veut sans doute dire que mes résultats ne sont pas terribles, je fais un nouveau signe de tête affirmatif.

— Puisque vous êtes un élève qui refuse de s'occuper de ses devoirs à la maison, je crains que vous ayez à les faire en classe.

Zut!

— Vous voulez dire debout au tableau?

J'en tremble déjà.

— Non.

Fiou!

— Tous les vendredis, pendant les trois prochaines semaines, vous reviendrez dans cette salle dès que sonnera la cloche de fin de journée.

Il me regarde fixement.

— Je vais préparer un test chaque semaine, et vous devrez obtenir une moyenne de soixante-quinze pour cent pour ces trois tests.

Soixante-quinze pour cent!

J'ai envie de lui demander ce qui arrivera si je n'ai pas cette note.

Il doit lire la question dans mes yeux, parce qu'il y répond.

— Sinon, vous allez échouer ce cours et vous pourrez dire adieu à la saison de hockey, M. McDonald.

* * *

Je retrouve Louis à la cafétéria et je vais m'asseoir près de lui. Je veux lui parler de mes graves problèmes de maths, mais je veux aussi m'excuser de m'être comporté en imbécile à la partie de samedi. Mais le pire, c'est que je ne sais pas quoi dire.

Je lui demande :

— Tu veux mes biscuits à l'avoine?

Louis ne répond pas. En fait, il ne me regarde même pas.

— Louis, dis-je en le poussant un peu du coude.

— Est-ce que tu me parles? demande-t-il.

— Ouais.

— Waouh, c'est tout un honneur!

Il ne me regarde toujours pas, et mord plutôt dans un sandwich au thon qui a l'air (et qui sent) dégueu.

J'essais à nouveau :

— Écoute, je n'ai pas voulu…

— … faire l'imbécile?

— Eh bien… c'est ça.

— Parce que c'est ce que tu as fait, tu sais, dit-il en fronçant les sourcils. Tu as agi comme un parfait imbécile.

— Je sais, Louis, et je suis désolé.

— Pourquoi est-ce que tu deviens désagréable quand il est question du hockey?

— Mais non, je…

— Oui, tu es désagréable! Pourquoi est-ce que tu ne peux pas tout simplement être content de voir les autres compter et jouer une bonne partie?

— Je suis content, mais c'est que…

— Que tu es un imbécile? demande-t-il.

Ouille. Je hoche lentement la tête en sachant qu'il a raison. Je me suis comporté en imbécile avec un gars qui a été un très bon ami et c'est vraiment moche.

— Il m'arrive d'en être un, oui. Je suis vraiment désolé, Louis.

Il me regarde enfin et ne dit rien pendant quelques secondes.

— Je te crois.

— Alors, est-ce que c'est réglé? dis-je.

— Avec les biscuits, ça ira, répond-il en souriant.

Je les lui donne et m'attaque à mon sandwich jambon-fromage.

— Alors, qu'est-ce qu'il voulait, M. Houle? demande Louis entre deux bouchées.

Je lui explique la situation. Ses yeux s'agrandissent comme

des soucoupes.

— Donc, je suis coincé avec un test toutes les semaines, encore plus de tutorat avec Bosco et privé de hockey.

— Tu es le gars le moins chanceux que je connaisse, Croquette.

J'imagine ce que maman, papa et M. Houle répondraient à ce commentaire. Alors je dis à Louis :

— Ce n'est pas de la malchance, ce sont de mauvaises décisions.

Et c'est vrai.

Je prends une autre bouchée de sandwich juste au moment où Émile Bosco se pointe à notre table.

— Il paraît qu'on passe à deux rencontres par semaine, maintenant? dit-il.

— Ouais.

Il hausse les épaules.

— Une rencontre de plus ne fera pas de tort, ni à toi, ni à mon porte-monnaie.

— Tant mieux.

Faut-il qu'il me rappelle constamment qu'il est payé?

— Est-ce que ta sœur va être là?

Je soupire.

— Je ne sais pas. Mais écoute, Émile, c'est très sérieux. Il faut que j'aie à une moyenne de soixante-quinze pour cent pour trois tests.

Il hausse encore une fois les épaules.

— Tu peux probablement y arriver.

— Je ne peux pas jouer au hockey en attendant.

Émile Bosco reste figé.

— Qu'est-ce que tu dis? demande-t-il.

— Exactement ce que tu as entendu. Si je ne remonte pas mes notes, je ne joue pas.

Ses sourcils se collent ensemble et donnent à son visage une expression que je ne lui ai jamais vue. Émile Bosco a vraiment l'air *inquiet*.

— Mais je ne serai pas là à la prochaine partie, dit-il.

— Tu ne seras pas là?

— Non, mais je me disais que ça irait quand même parce que nous nous complétons très bien tous les deux.

— Quoi?

— Je pensais que tu jouerais davantage en mon absence et que nous aurions tout de même une chance de gagner.

Il se renfrogne.

— Si nous ne pouvons pas jouer ni l'un, ni l'autre, c'est foutu.

Je le regarde avec étonnement en essayant de comprendre ce que je viens d'entendre.

— Est-ce que tu viens de dire que nous nous complétons bien?

— Ouais. Tu es le meilleur gars avec lequel j'ai partagé cette position.

— Partagé?

Mais qu'est-ce qu'il raconte? Je pensais que nous nous battions, pour cette position.

— Mais oui, Croquette.

Il secoue la tête.

— Il me faut un bon partenaire, et c'est toi.

— Partenaire?

Émile Bosco se tourne vers Louis et lui demande :

— Est-ce qu'il a quelque chose qui ne va pas?

— Bien des choses, répond Louis. En fait, je ne les compte même plus.

— Alors, dis-je, tout le temps que nous avons joué ensemble, tu voulais que je sois bon?

Émile lève les yeux au ciel :

— On fait partie de la même équipe!

Et tout à coup, j'ai compris. M'inquiéter de savoir qui allait commencer était complètement inutile! Aucun de nous ne peut jouer durant toute la partie sans s'arrêter, donc il faut partager la position. Et ce qui importe, surtout, c'est que si nous jouons bien, nous représentons une double menace pour l'adversaire. Je n'aurais jamais dû souhaiter qu'Émile se ridiculise sur la glace, parce que nous sommes censés travailler ensemble.

Bon sang, ce que j'ai été bête!

— Nous allons perdre cette fin de semaine, grogne Émile. Je le sais.

— Tu ne peux pas changer tes projets? dis-je.

— Non.

— Pourquoi pas? demande Louis.

Des fèves germées lui pendent de la bouche comme des vers. Comment un sandwich peut-il être aussi dégueu?

Émile fronce de nouveau les sourcils.

— Il y a un endroit où il faut que j'aille, d'accord?

Je lui demande où, curieux de savoir ce qu'il peut bien y avoir de plus important que la partie.

Émile Bosco pousse un soupir.

— À une rencontre des Esprits mathématiques.

Louis et moi posons la même question :

— Des quoi?

— C'est une compétition provinciale de maths.

Je n'en crois pas mes oreilles!

— Tu vas laisser perdre les Cougars pour faire partie d'une bande de bolés en maths?

Louis pouffe de rire et le lait lui sort par les narines.

Beurk.

— Qu'est-ce que tu as dit? demande Émile en s'approchant.

Je me racle la gorge.

— Rien. C'est juste que…

— Hé, moi, j'ai une bonne raison de ne pas pouvoir jouer. Ce n'est pas moi qui ne peux pas être là parce que j'ai poché mes cours de maths. C'est *toi*, Croquette. Et tu as réussi ça tout seul.

Il a raison et je n'ai rien à répondre.

— Je te retrouve chez toi après l'école, dit-il. On va les avoir, tes soixante-quinze pour cent, mais prépare-toi à travailler pour y arriver.

* * *

Émile Bosco ne plaisantait pas.

Dès son arrivée, ce soir-là, nous plongeons dans les manuels et ne faisons qu'une courte pause, le temps d'engloutir les carrés au chocolat que maman nous a préparés.

Il ne fait qu'une seule fois la tête de carpe, quand Virginie traverse la salle à manger pour prendre une collation à la cuisine.

— Hé, tu aimes les films d'horreur? lui demande-t-il.

Virginie se tourne vers lui.

— Tu vas en vivre un si mon frère ne réussit pas ses maths. Au boulot!

Aïe!

Le visage d'Émile Bosco passe au rouge vif et à partir de ce moment, il se concentre plus que jamais.

Ce qui m'oblige à me concentrer moi aussi.

Chapitre quinze

Lorsque le vendredi arrive, je me rends à la salle de classe de M. Houle qui m'annonce que j'ai 30 minutes pour faire mon premier test. Je réponds lentement aux 15 questions. Elles portent pour la plupart sur le calcul des pourcentages et la multiplication des fractions, et grâce à Émile Bosco, j'arrive à les comprendre presque toutes.

À ma grande surprise, je termine quelques minutes plus tôt et me lève pour remettre la feuille.

— Prenez le temps de réviser, M. McDonald, me dit M. Houle, alors que je suis à mi-chemin dans l'allée entre mon bureau et le sien.

— Mais...

— Révisez, me dit-il d'un ton plus ferme.

Je me laisse tomber sur le siège le plus proche pour relire mes réponses. À peine quelques secondes plus tard, j'efface et rectifie très discrètement l'une d'elles. M. Houle a peut-être raison après tout.

Lorsque mes 30 minutes sont officiellement écoulées, il ramasse ma copie et me demande de m'asseoir à mon bureau pendant qu'il corrige.

Je reste immobile et me contente de respirer. Mais lorsqu'il qu'il fait un « tsk-tsk », je ferme les yeux quelques secondes et j'imagine que je suis sur la patinoire. Il ne reste presque plus de temps, la partie est serrée et Louis me passe la rondelle.

Je déjoue un défenseur, et...

« Tsk-tsk ».

J'avale avec difficulté et essaie de me concentrer sur la rêverie, plutôt que sur un océan de X rouges. J'ai la rondelle et la foule en délire est debout et m'encourage. Je contourne un deuxième défenseur et j'ai le champ libre. J'oriente la rondelle et je tire.

Et c'est le but!

Je souris et ouvre les yeux. Je me rappelle subitement où je me trouve et ce qui se passe. Combien de temps est-ce qu'il faut pour corriger un maudit test? Je regarde un moment l'aiguille des minutes avancer sur l'horloge, puis je jette un coup d'œil à la fenêtre. Et si j'ai échoué? Je préfère ne pas y penser. Et si...

— M. McDonald? dit M. Houle.

— Oui?

J'essaie tant bien que mal de me lever pour m'approcher de son bureau.

Chaque pas me rapproche du résultat.

Mais je ne suis pas si sûr de vouloir savoir.

J'arrive finalement au coin du bureau, les mains moites et la bouche complètement sèche.

— Soixante-seize pour cent! annonce M. Houle.

— Quoi? Vous êtes sérieux?

J'en ai le souffle coupé.

Il ne dit rien, mais soulève la feuille pour me permettre de voir.

Hou! J'ai vraiment réussi!

— Le test de la semaine prochaine augmentera en difficulté. Il est important de vous préparer.

— Je vais me préparer, dis-je.

Et j'en ai la ferme intention.

***

Maman et papa sont enchantés de ma note, mais pas suffisamment pour me permettre de jouer ce samedi-là. Après tout, les règles sont les règles.

Ils m'emmènent à l'aréna afin que j'assiste à la partie et même si je sais que je ne jouerai pas, je me rends malgré tout au vestiaire et je m'habille avec les autres.

— Je ne sais pas comment on va pouvoir gagner cette partie,

dit Patrick Chen en secouant la tête.

— Vous allez y arriver, dis-je.

Mais en fait, je n'en suis pas si sûr. Parce que si Bosco est aux provinciaux de maths et moi sur le banc des joueurs, qui va jouer à l'aile droite?

Je ne tarde pas à apprendre que l'entraîneur assigne cette position à Louis, ce qui semble complètement absurde.

— Croquette, tu sais que tu ne joues pas, dit l'entraîneur en me voyant en uniforme.

— Je sais. Je suis venu que pour appuyer les autres, dis-je.

— Parfait. Je voulais seulement vérifier.

— Pas de problème, dis-je.

Je comprends parfaitement que je vais devoir rester tranquillement assis à regarder mon meilleur ami essayer d'éviter la crise cardiaque sur la glace.

Quand les gars s'alignent pour commencer la partie, je me croise les doigts en espérant que Louis ne se mettra pas à paniquer. Après tout, c'est la première fois qu'il est dans le trio de départ. L'arbitre laisse tomber la rondelle et nous la saisissons tout de suite. Je me lève et encourage mon équipe.

À ma grande surprise, nous ne tardons pas à prendre les devants. L'entraîneur, lui, ne semble pas étonné. Je suis complètement sidéré de constater qu'à mesure que les minutes passent, Louis et Patrick Chen semblent s'adapter l'un l'autre et comptent même à la première période.

Patrick compte deux buts à la deuxième période, et Louis se charge du quatrième. Deux buts en une partie pour Louis!

— Il joue vraiment bien, dit l'entraîneur.

— Oui, dis-je en fronçant les sourcils.

Je déteste être assis là à ne rien faire et je suis un peu jaloux de voir Louis jouer une si belle partie. Que mon équipe gagne même sans mon aide, ne m'enchante pas du tout.

Croquette : zéro pour cent.

Alors que la troisième période commence, je me rends au casse-croûte m'acheter un sac de croustilles et un hot-dog mou.

Un prix de consolation un peu minable, à défaut de pouvoir jouer.

Il me paraît tout à coup ridicule de porter l'équipement sans avoir la moindre chance de jouer. Je retourne donc au vestiaire pour me rhabiller. J'espère que je me sentirai mieux en jeans et en coton ouaté... mais en fait, je me sens encore moins bien. J'ai l'impression d'être un partisan et non plus un joueur. Comme si je ne faisais même plus partie de l'équipe.

Je reviens m'asseoir dans les gradins avec mes parents juste au moment où la partie se termine. Alors que je m'assois, mon ami Louis compte le but final. Nous gagnons la partie. Enfin, *ils* ont gagné la partie et moi, j'ai regardé.

Je n'arrive pas à croire que mon copain qui a rarement la chance de jouer a le feu sacré, lui aussi. Je vais vers lui après la partie, bien décidé à ne pas me conduire en imbécile.

— Hé, tu as été génial! dis-je.

Louis affiche un petit sourire.

— Merci, Croquette. Je crois que j'ai eu beaucoup de chance, aujourd'hui.

J'essaie d'avoir l'air enthousiaste.

— Oui, c'est vraiment super!

J'aurais préféré ne pas assister à la partie.

* * *

Le lundi suivant, quand Émile Bosco se présente à ma porte, il m'annonce une affreuse nouvelle. Son équipe de maths a gagné le championnat provincial et ira à la finale nationale, à Toronto.

Et elle a lieu dans deux semaines.

Le souffle coupé, je murmure :

— C'est la fin de semaine où nous jouons contre le Littoral.

— Je sais, dit-il en haussant les épaules. Mais c'est la finale nationale.

Comment allons-nous réussir une saison sans défaite si nous ne pouvons jouer ni l'un, ni l'autre contre la première équipe de la ligue?

— Mais Émile...

— Écoute, les gars ont gagné samedi, pas vrai?

— Oui, mais par un coup de chance extraordinaire.

— Ce n'est pas ce que j'ai entendu dire.

— Bon, mais ils ne jouaient pas contre le Littoral.

Déjà prêt à concéder la victoire, je conclus dans un grognement que nous sommes faits.

Émile secoue la tête.

— Écoute, il te reste encore deux autres tests. Si tu arrives à obtenir soixante-quinze pour cent, tu seras de retour sur la patinoire pour cette partie.

— Ouais, si l'entraîneur me laisse jouer contre ces gars-là, dis-je en soupirant.

— Il va te laisser jouer, Croquette. Il a besoin de toi.

— Tu ne comprends pas. Je n'ai pas grandi, et...

— Demande à ton père de lui parler.

— En quoi est-ce que ça va améliorer les choses?

— Bien, peut-être que tout ce qu'il faut à l'entraîneur, c'est une entente écrite quelconque. Tu sais, pour dire par exemple si les Requins te cassent les jambes, ton père ne poursuivra pas la ligue ou un truc du genre.

— Me casser les jambes? C'est censé m'aider, ça?

— Hé, tout ce que je peux faire, c'est de m'assurer que tu réussisses en maths. Bon, tu es prêt à plonger? demande Émile.

Et il ajoute :

— La géométrie n'est pas précisément ta force, alors il vaut mieux se grouiller.

Pendant que je m'efforce d'éviter de penser à la patinoire, Émile me donne une série d'exercices sur les maudits triangles. Après une vingtaine de minutes, alors que je commence juste à me réchauffer les méninges, Virginie arrive. Je l'observe un instant en ayant l'impression qu'elle a quelque chose de bizarre. Enfin, de plus bizarre qu'à l'habitude, je veux dire. Je l'examine des pieds à la tête, mais à part la nouvelle veste, je ne vois rien de particulier.

— Qu'est-ce qu'il y a Croquette? demande-t-elle.

— Rien... C'est juste que tu...

Et c'est à ce moment que je comprends.

Elle *sourit*.

Je jette un coup d'œil à Émile qui a l'air complètement surpris.

— C'est la veste de mon frère, dit-il d'une voix sourde.

— Ouais, elle est à Sacha, dit Virginie en haussant les épaules.

Je ne peux m'empêcher de remarquer qu'elle a le visage très, très rose.

— Pourquoi est-ce que tu la portes? demande Émile.

— Il m'a permis de la lui emprunter. Il faisait froid dans l'auto, et...

Émile manque de s'étouffer :

— Il t'a ramenée à la maison?

— Ben quoi? dit-elle en se dirigeant vers la cuisine.

— Pour revenir de l'école?

Virginie s'arrête de nouveau.

— Non, de chez McGinty, si tu veux tout savoir!

— Du restaurant McGinty?

Émile rougit à son tour et toute cette situation devient de plus en plus étrange.

Je décide de lui rappeler la raison de sa présence ici.

— D'accord, à présent, pourquoi est-ce qu'on ne se remet pas au boulot, et...

— Le restaurant McGinty? demande de nouveau Émile.

Oh, bon sang!

— Mais qu'est-ce que tu cherches? demande Virginie.

— Est-ce que c'était... un rendez-vous sérieux? dit Émile d'une voix presque éteinte.

Virginie lève les yeux au ciel.

— C'était plutôt un morceau de tarte citron-meringue et un chocolat chaud.

Je sens Émile se détendre un peu à côté de moi. Mais seulement jusqu'à ce que ma sœur ajoute :

— Le rendez-vous sérieux, c'est vendredi!

Il se raidit de nouveau et pendant que Virginie se dirige vers la cuisine, il reste assis sans rien dire.

— On y va? dis-je, pressé de passer aux choses sérieuses qui consistent à maîtriser les maths et à retourner au jeu.

— Ils sortent ensemble, dit-il doucement.

— Je suppose, dis-je en haussant les épaules.

Émile regarde ses mains.

— Sacha et Virginie.

Je n'ai pas besoin qu'on me rappelle leur nom.

— Ouais. Ton frère et ma sœur. C'est bizarre, hein?

Lentement, mon tuteur se met à refermer ses manuels et à les glisser dans son sac à dos.

Je lui demande :

— Mais qu'est-ce que tu fais?

— Il faut que je parte.

— Comment? Mais que tu partes où?

Le test n'est plus que dans quelques jours!

— Il faut… il faut que je sorte d'ici, dit-il en rassemblant ses stylos et ses crayons.

— Mais nous venons de commencer, et puis…

— On se revoit demain, dit Émile Bosco.

Sur ce, il prend ses affaires et sort par la porte d'en avant.

Qu'est-ce que je vais faire? Je fixe le manuel. Il ne me reste plus que quatre jours!

— Ton gorille domestiqué est parti? demande Virginie en sortant de la cuisine, un verre de lait à la main.

— Ouais, grâce à toi.

— À moi?

— Oui, à toi!

Je sais bien que ce n'est pas sa faute, mais je dois blâmer quelqu'un.

— Mais je n'ai rien fait! s'exclame-t-elle.

— Tu es sortie avec son frère.

— Et alors?

— Alors il est amoureux de toi!

— Ce petit gars? Ton tuteur?

— Ouais.

— Croquette, il a onze ans!

— Presque douze.

— Et Sacha en a *17!* Il a un permis de conduire, bonté divine!

— Je sais, mais…

Elle secoue la tête.

— Pourquoi est-ce que ce petit gars serait amoureux de moi?

— Je n'en sais rien, Virginie. Tu ne demandes pas ça à la bonne personne. Bon sang, tu es ma sœur, et même si tu ne l'étais pas, je ne veux rien savoir des filles!

— Amoureux de moi? Intéressant, dit-elle en commençant à monter l'escalier.

— Sois gentille avec lui quand il vient m'aider, hein?

Enfin, s'il décide de franchir de nouveau le seuil de cette porte, je veux dire.

— Sans lui, je ne pourrai pas réussir mes maths.

Je me demande même si elle a écouté ce que je viens de dire.

Le lendemain, Émile suggère que nous nous installions à la bibliothèque pour faire changement, et ça me convient tout à fait. Moins il se trouve en présence de ma sœur, plus j'ai de chances de réussir.

* * *

Ce soir-là, papa prépare du maïs soufflé à grignoter pendant que nous regardons les Canucks écraser Anaheim, mais je lui dis que je dois plutôt étudier en vue de mon test de maths.

— Excellente décision, dit-il en me remplissant un petit bol que j'emporterai dans ma chambre. Je suis déçu de ne pas pouvoir regarder le match avec toi, mais tu fais le bon choix.

Le bon choix? Quand j'entends papa crier bravo devant la télé, j'ai du mal à le croire. Et quand je me débats avec quatre pages de questions de maths, j'en doute encore plus. Mais qu'est-ce que ce sera, quand je me trouverai devant le test, vendredi?

Eh bien, c'est le pire moment de ma semaine.

Je trouve toutes les questions difficiles et il faut que je devine presque toutes les réponses. Rien que les deux premières pages rongent la moitié de ma gomme à effacer! Lorsque je me sens sur le point de paniquer, je m'adosse à ma chaise et ferme les yeux quelques secondes en essayant de me rappeler les deux heures passées avec Émile Bosco à la bibliothèque il y a 24 heures à peine.

Je suis sorti de cette séance d'étude en me disant que je saisissais la géométrie, mais apparemment, je me trompais.

Je suis complètement perdu.

Les yeux fermés, je vois le visage d'Émile qui m'encourage de l'autre côté de la table.

J'ouvre les yeux pour continuer et après ce qui semble trois minutes, M. Houle m'annonce que mon temps est écoulé.

— Il ne me reste qu'une seule question.

— Le temps est écoulé.

Il ramasse ma feuille et je reste encore une fois à mon bureau pour attendre.

Cette fois, je suis prêt. Je me suis apporté un livre. Il s'appelle *Dix petits nègres*. Il est écrit par Agatha Christie et il est passionnant, mais pas assez pour m'empêcher de m'inquiéter des résultats de mon test. Je lis un chapitre complet en attendant, mais une fois le chapitre terminé, je n'ai pas la moindre idée de ce que je viens de lire.

Alors, je recommence.

Lorsque j'en suis à la moitié du chapitre ou presque, M. Houle m'appelle à son bureau. Je me sens plus mal que la semaine précédente, et pour tout dire, j'ai la nausée.

— Mauvaises nouvelles, dit M. Houle en levant la feuille.

Je n'ai que soixante et onze.

Zut!

— Cela ramène votre moyenne à soixante-treize et demie pour cent.

Pourrait-il arrondir à soixante-quatorze? J'en doute.

— Ce qui veut dire qu'il faut que j'obtienne...

— *Soixante-dix-huit* au dernier test.

Double, triple et quadruple zut!

— Soixante-dix-huit.

Je le répète parce que je n'ai rien d'autre à dire.

Je vais devoir étudier encore plus fort. Comme si c'était possible.

Chapitre seize

Le lendemain, je m'assois dans les gradins avec ma famille pour regarder la partie contre Comox. Cette équipe a toujours bien joué et je sais que le pointage sera serré. Je regrette pour la millième fois que les maths m'aient conduit à ce gâchis. Pourquoi est-ce que je n'ai pas fait tous les maudits devoirs à mesure qu'ils étaient demandés?

Parce que je n'aurais jamais cru que je me retrouverais dans les gradins si je ne les faisais pas.

Je regarde mes coéquipiers se réchauffer en patinant et en se passant la rondelle les uns aux autres. Je voudrais que mon réchauffement à moi soit autre chose que du chocolat chaud, la crème fouettée étant une bien terne compensation pour les buts que je ne compte pas.

L'arbitre siffle. Les gars se préparent et la partie commence.

Patrick prend la rondelle et s'avance vers le filet adverse. Il y a un gars derrière lui, mais il fait une passe juste au bon moment, c'est-à-dire juste avant de trébucher et de s'affaler de tout son long.

Au moins, la passe est parfaite. Mes parents et moi nous levons pour applaudir Émile Bosco lorsqu'il pousse la rondelle entre les patins d'un défenseur pour la reprendre de l'autre côté.

— Ce jeune-là est génial, dit papa.

Génial?

— Il est *bon*, en tout cas, dis-je.

Mais mon père ne m'écoute pas.

Juste à ce moment, Bosco est mis en échec et perd la rondelle. Nous grognons tous, mais quelques secondes plus tard, il la reprend et nous applaudissons de nouveau. Je ne crie pas aussi fort que tous les autres, surtout quand il compte ce qui aurait pu être mon but!

Bon sang que c'est difficile de voir quelqu'un d'autre faire mon travail!

Enfin, *notre* travail.

— Brillant en maths et au hockey. Qu'est-ce qu'il sait faire d'autre, ce garçon? dit papa.

Je n'ai pas envie d'y penser.

En regardant la partie, je repense à toutes les choses que j'aurais pu faire différemment, et aux résultats bien meilleurs que j'aurais pu obtenir. J'ai commis des erreurs au cours de maths, mais ce qui est pire, c'est d'avoir souhaité que Bosco échoue et de ne pas avoir encouragé Louis quand il a enfin eu l'occasion de briller à son tour.

J'ai vraiment été nul.

Au moins, j'ai la chance de me rattraper. Si j'obtiens mon soixante-dix-huit au dernier test de maths, je serai de retour sur la patinoire à temps pour jouer contre Victoria. Émile Bosco et moi allons faire un malheur… ensemble.

Et il y a aussi la possibilité que l'entraîneur cède et consente à me laisser participer au match précédent contre le Littoral.

Ça ne coûte rien d'espérer!

Je me concentre davantage sur la partie en voyant Jason faire un arrêt fantastique, et Patrick compter un but. Je suis fier d'appartenir à une aussi bonne équipe, et à plus forte raison quand nous gagnons.

Je vais même jusqu'à applaudir quand Émile compte le but de la victoire, et je ne ressens qu'une toute petite pointe de jalousie.

* * *

Durant la semaine qui précède la partie contre le Littoral et la compétition nationale des accros des maths, je planche avec Émile sur les problèmes sous forme d'énoncés tous les après-midi à la bibliothèque.

— Comment te sens-tu à propos du test? me demande-t-il.

— Nerveux.

— Reste calme. Tu es meilleur que tu ne le crois.

— Ah oui? dis-je.

Mais j'en doute vraiment.

— Écoute, mon gars, tu as travaillé très fort. Je parie que tu as consacré plus de temps aux maths durant le dernier mois que tu ne l'as fait pendant toute ta vie.

— C'est vrai.

— Tu peux parfaitement y arriver, Croquette.

— J'espère, dis-je, en commençant à lire le problème suivant.

Émile se racle la gorge.

— Et puis, dit-il, est-ce que Virginie t'a parlé de sa sortie avec mon frère?

— Pas vraiment. On ne parle pas de ce genre de choses.

— Ouais, évidemment, dit-il en hochant la tête. Pas grave. Je me demandais seulement s'ils, tu sais… s'ils sortaient ensemble.

Aussi étonnant que ça puisse paraître, il semble que c'est mon tour d'aider Bosco.

— Tu sais, elle est beaucoup plus âgée que toi.

— Pas tellement.

— Elle a 16 ans, Bosco.

Je cherche la meilleure façon de lui dire ce qui me paraît évident.

— Je ne pense pas qu'elle puisse un jour s'intéresser à quelqu'un qui a l'âge de son petit frère. Ne te sens pas personnellement visé.

— Mais non, dit-il.

Je devine que c'est tout de même comme ça qu'il se sent. Il retourne à son manuel.

Cela me fait penser à un truc que j'ai remarqué au cours de maths.

— Et en plus, dis-je, je ne sais pas pourquoi tu t'intéresses tant à Virginie, alors qu'une fille comme Chloé Tanaka n'arrête pas de te regarder.

Émile écarquille les yeux.

— Elle me regarde?

— Oui, elle a l'air de s'intéresser à toi.

Personnellement, j'aurais été dégoûté si quelqu'un m'avait dit une chose pareille à propos de n'importe quelle fille de l'école, mais Émile Bosco se met à sourire.

— Chloé Tanaka. Tu es sérieux? me demande-t-il.

Je fais un signe de tête affirmatif.

— Tu verras, la prochaine fois que nous serons dans le cours de M. Houle.

— Génial, dit-il en rougissant un peu. Merci, Croquette.

Il s'éclaircit de nouveau la gorge :

— Bon, je crois qu'il est temps de revenir aux maths.

Je suis d'accord et soulagé de pouvoir enfin passer à un autre sujet.

Ces histoires de filles n'apportent que des problèmes.

* * *

Ce dernier test du vendredi est une horreur totale. Dès la première question, je comprends que ma saison de hockey se trouve en péril et à la troisième, je sais que je suis perdu.

Mais je m'accroche et fais de mon mieux.

Lorsque je termine finalement le test en ayant l'impression que ma tête va exploser après un tel effort, je dois encore une fois m'asseoir et attendre les résultats. J'ai apporté mon livre, mais je n'ai pas envie de lire. En fait, je n'ai envie de rien, sinon de regarder par la fenêtre.

La correction est plus longue qu'à l'habitude, et lorsque M. Houle me dit qu'il a terminé, je suppose qu'il en va de même pour moi.

Je m'avance vers son bureau, les poings fermés pour recevoir la mauvaise nouvelle.

— M. McDonald, à votre avis, pensez-vous avoir réussi?

Je marmonne.

— Je ne sais pas.

Soixante-dix-huit pour cent, c'est beaucoup trop espérer.

J'ai sûrement échoué.

— Pardon? dit M. Houle. Et regardez-moi dans les yeux, s'il vous plaît, quand vous me parlez, M. McDonald.

Je le regarde droit dans les yeux.

— Je ne sais pas trop, M. Houle.

— Avez-vous lu d'abord toutes les questions?

— Oui.

— Avez-vous pris votre temps?

— Oui.

— Révisé votre travail?

— Oui.

— Alors, ça y est.

Hein?

Il remarque sans doute ma perplexité.

— Vous savez maintenant comment vous attaquer à un test.

Il s'arrête un instant, puis sourit.

— Mais il y a mieux encore. Vous savez maintenant comment le réussir.

— Vraiment? dis-je.

— Quatre-vingt-un pour cent.

— C'est pas vrai!

— Excellent travail, M. McDonald. Vraiment excellent.

Excellent! Je n'arrive pas à le croire. Jamais je n'aurais pensé pouvoir obtenir une aussi bonne note en maths!

— Trois tests et trois bonnes notes. Je suis loin d'être un expert en matière de terminologie lorsqu'il s'agit de notre sport national, mais...

— Termi... quoi?

— Jargon, explique M. Houle.

Mais ça ne m'éclaire pas davantage.

— Je ne sais pas ce que...

— Ce que j'essaie de dire, M. McDonald, c'est que même si je ne maîtrise pas le vocabulaire du hockey, je suis assez certain que vous venez de réaliser l'équivalent mathématique d'un tour du chapeau.

Il me faut une seconde ou deux pour le suivre.

Un tour du chapeau? En maths? C'est incroyable! Et comme si ce n'était pas déjà assez invraisemblable, la seconde d'après, il se produit un truc que je n'aurais *jamais* cru possible.

M. Houle me tape dans la main!

Chapitre dix-sept

Lorsque je leur annonce mon résultat, maman et papa me serrent dans leurs bras et me disent à quel point ils sont fiers de moi. Je me sens tellement bien! Surtout que je n'avais jamais imaginé à quel point avoir de bonnes notes pouvait être génial.

Ce soir-là, au souper, je dis à papa combien la partie contre le Littoral a d'importance pour moi, d'autant plus que j'ai déjà raté plusieurs matchs. J'explique aussi à mes parents que Bosco ne sera pas là cette fin de semaine, et même Virginie arrive à garder le silence quand je précise pourquoi je dois aider les Cougars à vaincre le Littoral.

Lorsque j'ai terminé, maman propose que papa parle à l'entraîneur O'Neal pour l'autoriser à me laisser jouer.

Comme j'ai convaincu mes parents qu'il s'agit d'une bonne idée, je ne m'attends pas du tout à ce que papa revienne le lendemain en me disant que l'entraîneur n'a pas été d'accord.

Je trouve cette décision parfaitement injuste et je ne sais trop quoi faire. Je décide finalement de passer voir l'entraîneur pour lui parler moi-même.

Il est là, assis à son bureau, au milieu d'une multitude de photos des équipes des Cougars prises au fil des ans. Accrochées au mur, des coupures de journaux encadrées vantent les hauts faits de l'équipe. Une série de trophées s'alignent sur une étagère, et parmi tous ces souvenirs se trouvent aussi quelques photos de l'entraîneur lui-même du temps où il jouait. Il est parvenu aux ligues mineures, mais pas jusqu'à la LNH.

— Je n'ai pas à te demander la raison de ta visite, dit-il en me voyant.

— Oui, c'est la partie contre le Littoral, dis-je en hochant la tête. Bosco ne sera pas là, et...

— Croquette, nous avons déjà parlé de tout ça bien des fois, il me semble.

— Je sais que je suis petit, *coach*, mais je suis solide et puis...

— Ils sont énormes.

— Je sais, mais...

— Ton père et moi en avons déjà discuté et il comprend mes inquiétudes.

Je sens mes poings se refermer. Ce n'est pas juste.

— Je ne peux rien faire à propos de ma taille, *coach*.

— Je ne sais pas quoi te dire. Je ne me sentirais pas à l'aise de te laisser jouer contre eux. S'il fallait que tu te blesses...

Je lui rappelle que j'ai déjà été blessé bien des fois.

— Je trouve que ce serait une mauvaise décision.

— Mais...

Il m'arrête d'un geste de la main.

— C'est moi l'entraîneur et ma décision est prise.

Comme je ne sais plus quoi dire, je le regarde en silence.

— Je suis désolé, Croquette. L'an prochain, peut-être.

— Peut-être, dis-je en soupirant.

Je m'apprête à partir.

— Écoute, je vais avoir besoin de toi pour toutes les autres parties de la saison. J'espère pouvoir compter sur toi.

— Comptez sur moi, dis-je.

Sur le chemin du retour vers la maison, j'essaie de comprendre pourquoi tous les efforts que j'ai fournis à l'entraînement, sur glace et hors glace, au cours de maths, à table avec mes parents et partout ailleurs, ne me permettent *toujours* pas de jouer!

C'est franchement poche.

* * *

Ce qui l'est moins, c'est que nous réussissons finalement à l'emporter sur le Littoral.

Louis marque le but gagnant dans les dernières secondes de jeu devant une foule en délire. Il a l'air tellement bouleversé et heureux quand les gars se rassemblent autour de lui en lui donnant des tapes dans le dos et sur le casque que je souris à n'en plus finir. Mais même si je suis super fier de lui, je dois admettre que je voudrais bien être à sa place. Et j'espère que tous mes efforts seront récompensés l'an prochain et que je pourrai enfin jouer contre le Littoral.

En attendant, je sais que je participerai à la prochaine partie et à toutes celles qui suivront. Après tout, la saison vient à peine de commencer et l'entraîneur a dit qu'il avait besoin de moi. Nous jouons contre Victoria samedi prochain, puis contre Nanaimo la semaine suivante.

Évidemment, je regrette de ne pas avoir pu jouer contre le Littoral, mais bien des événements agréables m'attendent.

À commencer par la partie des Canucks et ce tir parfait de la ligne rouge.

* * *

Durant la semaine qui suit, je m'exerce à tirer dans l'allée tous les soirs après mes devoirs. Il faut que je sois prêt pour le grand événement. Très souvent, je me vois à la ligne rouge, calme, décontracté et parfaitement préparé à subjuguer la foule avec un lancer extraordinaire et redoutable.

À l'école, tout le monde sait que je vais tenter ce tir et des élèves viennent me souhaiter bonne chance tous les jours. Quand j'accompagne maman à l'épicerie, la caissière me souhaite bonne chance. Notre voisin, M. Howard, me dit qu'il va m'encourager et me souhaite lui aussi bonne chance.

De la chance, de la chance et encore de la chance.

Sauf qu'en fait, je n'ai pas besoin de chance, mais d'entraînement. Et je me suis suffisamment entraîné pour savoir que je n'ai rien à craindre. Tirer au but est devenu pour moi aussi naturel que de respirer et j'ai l'impression de m'être préparé toute ma vie pour ce moment à l'aréna Rogers.

J'ai tellement hâte!

* * *

Lorsque papa et moi nous levons, le matin du match des Canucks, je suis très étonné de constater que j'ai réussi à dormir. J'ai préparé mes vêtements hier soir pour être prêt à partir. Après la douche, j'enfile mon jean préféré, mes souliers de toile, un chandail à capuchon bleu et mon chandail de Jean Ducette par-dessus.

J'ai l'air d'un super partisan.

Ou plutôt, du plus grand partisan!

Non, encore mieux que ça...

— On dirait une mariée le jour de ses noces, déclare Virginie en me voyant debout devant le miroir.

— Très drôle.

— Croquette? dit-elle.

— Oui?

Avant que j'aie eu la possibilité de me défendre, ma sœur m'a fait *un câlin*.

— Bonne chance, chuchote-t-elle.

Je m'apprête à lui dire que je n'en ai pas besoin, mais je sais que ça n'a aucun rapport. Après tout, Virginie ne me fait même pas de câlin à Noël.

Je la remercie sincèrement.

— Tu es prêt? demande papa lorsque j'arrive dans la cuisine.

— Absolument.

Je cherche sur le comptoir le sac contenant le repas, mais je n'en vois aucun. Je me retourne vers maman.

— Vous allez bien vous amuser, tous les deux, dit-elle.

J'ai alors droit à mon deuxième câlin de la journée. Elle ajoute :

— Et si votre plaisir passe aussi par les hamburgers graisseux et les boissons gazeuses en quantité, que ça reste entre vous. Marché conclu?

— Marché conclu! dis-je.

— Je te souhaite une merveilleuse journée, Jonathan, me dit-elle. Et bonne chance.

Papa et moi nous rendons en voiture jusqu'à Nanaimo, où

nous devons embarquer sur le traversier qui fait la navette entre l'île et le continent. À notre arrivée, nous constatons qu'une énorme file d'attente nous précède.

— Je plains les gens qui font la traversée toutes les fins de semaine, dit papa en soupirant.

Au moment de payer, il demande à la préposée à quelle heure nous pourrons embarquer.

— Peut-être à dix heures, mais sûrement à onze, dit-elle.

Nous nous plaçons dans la colonne 12 et nous installons dans la voiture. Papa s'est apporté un journal et il me tend les bandes dessinées. Elles ne sont pas très amusantes, mais au moins, le temps passe un peu durant la lecture.

Ma première partie de la LNH. Le grand jour est enfin arrivé!

Comme nous ratons le départ de dix heures par une quinzaine de voitures, papa m'envoie au dépanneur chercher un café pour lui et un jus pour moi. Je ne sais combien de fois je regarde ma montre en attendant le traversier suivant.

Lorsque nous embarquons enfin, nous nous rendons immédiatement à la cafétéria pour prendre le déjeuner, mais on sert déjà les dîners. J'ai donc droit à un super burger accompagné de frites avec de la sauce et d'une boisson gazeuse comme premier repas de la journée.

Génial!

Nous quittons le quai et c'est parti! Le capitaine donne quelques coups de corne de brume et les enfants qui se trouvent dehors sur le pont se mettent à pleurer comme des bébés en se bouchant les oreilles. Papa et moi trouvons des sièges à l'avant et il me donne quelques pièces de 25 cents pour jouer aux jeux vidéo. Je n'arrive pas à me concentrer, alors je me promène sur les ponts un moment, puis je me rends à la boutique de cadeaux pour voir si j'y trouverai des livres de hockey qui m'inspireront (en fait, je n'ai pas vraiment besoin d'inspiration).

Je suis prêt à compter.

* * *

Après une heure et demie sur l'eau, nous accostons à Horseshoe Bay. La file d'attente pour le retour à l'île est encore plus impressionnante que celle dans laquelle nous nous sommes trouvés coincés ce matin.

Bon sang. Pourquoi est-ce qu'ils ne construisent pas tout simplement un pont?

Nous quittons le traversier et prenons la route. Je m'adosse à la banquette, rêvant de la partie de ce soir.

— Tu as hâte? demande papa.

— Très hâte.

— Tu es sans doute aussi un peu nerveux?

— Non.

— Vraiment?

— Non, je suis prêt.

— Tant mieux, alors, dit-il en souriant.

— Ce n'est pas comme si j'allais devoir résoudre un problème de maths devant des milliers de personnes.

— Ce que tu pourrais quand même faire, à présent, grâce à ton travail assidu et à Émile Bosco.

— La question n'est pas vraiment là, papa.

— C'est vrai. Mais moi, je serais nerveux à propos de ce tir.

— Je ne le suis pas, lui dis-je.

C'est lorsque nous stationnons la voiture au stade et que je constate l'immensité de l'endroit que je sens la nervosité me gagner. Il y aura des milliers de spectateurs.

Papa et moi marchons jusqu'à l'entrée principale, entourés de centaines d'autres partisans. Partout où je regarde, je vois des chandails, des vestes et des casquettes des Canucks. J'aperçois même un gars qui a le logo des Canucks peint sur le visage!

Lorsque nous entrons, je n'en reviens pas d'entendre tout ce bruit. Il y a des étalages où l'on vend des vêtements des Canucks, des stands où l'on trouve de la bière et de la nourriture. Comme j'ai un peu d'argent, j'achète un programme.

Il y a Jean Ducette sur la couverture et je suis sur le point de le voir en personne!

Tout ça est trop génial!

— Je vais encadrer cette photo, dis-je à papa.

— Ce sera bien dans ta chambre, dit-il en me donnant une petite tape dans le dos.

Tout à coup, une énorme clameur s'élève derrière nous. Il semble que toute la foule se soit rassemblée pour huer en chœur. Je me retourne pour regarder, et aperçois un gars portant le chandail des Flames qui salue tout le monde de la main. Les huées montent d'un cran.

— Nous allons vous réduire en bouillie! crie-t-il malgré le tumulte.

Sans même réfléchir, je me mets à huer moi aussi. Il le mérite!

Papa et moi trouvons notre section et en franchissant le seuil, je reste bouche bée.

L'endroit est gigantesque! Suspendu au-dessus de la patinoire se trouve l'écran de télévision le plus immense que j'aie vu de ma vie. On y projette des extraits des quelques parties précédentes. Le plafond semble trop haut pour que l'oxygène y circule, mais il y a pourtant des gens assis dans la toute dernière rangée. De là-haut, la patinoire a sans doute l'air d'un gâteau et les joueurs, des petits bonbons colorés que l'on saupoudre dessus!

Papa vérifie le numéro des billets et nous descendons l'escalier vers la patinoire. Nous n'en étions déjà pas très loin, mais nous continuons de nous en rapprocher. Nous arrivons finalement à nos sièges qui se trouvent juste à la ligne rouge, à seulement six rangées de la glace.

— Ils ont bien fait les choses, pour nos billets, dit papa en montrant les sièges du doigt.

Bon sang! Nous sommes presque *sur* la glace.

Et moi, je vais même y être pour de vrai!

* * *

La partie se déroule exactement comme j'en avais rêvé (sauf quand une dame vient chanter le « Ô Canada » avec une voix d'opéra ou un truc du genre, et que je dois me boucher les oreilles).

La foule est en délire chaque fois qu'un joueur est présenté.

Je n'arrive pas à croire que je verrai Jean Ducette d'aussi près.

Il y a tant à voir que je n'arrive pas à suivre.

J'observe les joueurs pendant l'échauffement.

Je me mords la lèvre quand ils se placent.

Même les arbitres ont l'air sympathique!

Je crie avec la foule lorsque la rondelle touche la glace et que le jeu commence, puis durant toute la première période. Je n'aurais même pas eu besoin de siège, puisque je n'arrive pas à m'asseoir.

Jean Ducette est incroyable et nous ne tardons pas à prendre les devants 2-0.

C'est vraiment génial!

À la moitié de la deuxième période, une femme me tape sur l'épaule.

— Jonathan McDonald?

— Oui?

— Je m'appelle Katie, je fais partie de l'équipe de promotion des Canucks. Tu es prêt à m'accompagner?

Je lui fais un signe de tête affirmatif et lorsque je me lève, Papa me serre dans ses bras et m'ébouriffe les cheveux comme si je n'étais pas sur le point de passer à l'écran géant de la télé!

Je suis Katie dans l'escalier en me replaçant les cheveux et en commençant à ressentir une légère nervosité.

La foule est immense et tellement bruyante! Je m'imagine que c'est moi qu'elle applaudit. Nous attendons la fin de la période et je n'entends rien de ce que dit l'annonceur jusqu'à ce que mon nom retentisse dans les haut-parleurs.

— Vas-y, Jonathan, dit Katie.

Je descends sur le long tapis vert qu'on a déroulé à la ligne rouge. Un homme aux cheveux gris en complet me serre la main et m'invite à dire bonjour au micro.

— Est-ce que tu es prêt? me demande-t-il.

Je n'arrive qu'à faire « oui » de la tête.

Il me tend un bâton que j'apporte jusqu'à l'extrémité du tapis.

Je m'aligne au but.

Je pratique ce *même* tir depuis au moins un mois.

Je tremble un peu, mais je sais que ce sera plutôt facile.

La foule m'encourage et l'espace d'un instant, je me sens presque comme un professionnel.

Je soulève le bâton.

Je me prépare à exécuter un tir parfait.

J'inspire profondément.

Puis je m'élance.

Je frappe cette rondelle plus fort que je l'ai frappée jusqu'ici.

Je la regarde foncer vers le filet.

Puis virer à gauche.

Oh, oh.

Tout mon corps se tend.

Juste un peu plus à droite.

À droite.

Non, à droite!

Je manque de crier comme une fille lorsque la rondelle passe juste à côté de ma cible grande ouverte.

J'ai raté!

J'ai raté?

La foule gronde et je sens le rouge me monter aux joues.

Que s'est-il passé?

— Désolé, Jonathan, dit l'homme aux cheveux gris.

Et en un instant, le moment le plus important de ma vie est passé.

J'ai raté.

Il demande à la foule de m'encourager d'une bonne main d'applaudissement, mais je suis sous le choc.

Comment est-ce que j'ai pu rater?

Il me remet une enveloppe et je retourne sur le tapis vert, incapable de regarder qui que ce soit. J'ai du mal à mettre un pied devant l'autre pour regagner les gradins et je ne demande qu'à disparaître. Comment est-ce que je vais faire face à mes coéquipiers et aux autres élèves de l'école?

J'ai complètement échoué!

Je me traîne les pieds jusqu'au bout du tapis, et je suis sur le point de quitter la glace, quand un énorme uniforme des Canucks apparaît juste devant moi et me barre la route.

Je lève la tête : c'est Jean Ducette!

Mon héros.

Zut!

Il a vu mon tir pourri!

Qu'est-ce qui pourrait encore m'arriver de pire?

— Tu m'as étonné, dit-il d'une voix grave.

— Je me suis étonné moi-même, dis-je d'un air triste.

— Tu as beaucoup de puissance pour un petit gars, non?

— Quoi? dis-je, croyant avoir mal entendu.

— La force de ton tir, dit-il en me donnant une petite tape sur le dos, c'est quelque chose.

— Ah, oui?

— Impressionnant, dit-il.

Quoi? J'ai impressionné Jean Ducette? J'en reste sans voix!

— Tu veux que je signe ton chandail?

— C'est sérieux? dis-je.

— Mais oui, dit-il en riant.

L'homme aux cheveux gris lui tend un stylo.

— Ton nom?

— Croquette, dis-je sans réfléchir.

Jean Ducette semble surpris et dit :

— Pourquoi donc?

Je lui réponds :

— Parce que je ne suis pas grand!

Jean Ducette rit et m'ébouriffe les cheveux comme l'a fait papa tout à l'heure.

— *Croquette*, j'aime bien, dit-il.

Et du coup, ça me plaît, à moi aussi.

Je ne sais pas si c'est parce que mon grand héros le dit, mais je trouve tout à coup que Croquette sonne bien!

Croquette.

C'est *moi*.

Je me tourne et souris pendant que le légendaire Jean Ducette signe le dos de mon chandail.

Quand il a terminé, je me retourne pour lui faire face et lui dis :

— Je voudrais seulement ne pas avoir raté.

— Tout le monde rate parfois, dit-il. Si nous comptions et que nous gagnions toujours, ça ne serait pas… intéressant.

Je n'avais jamais vu les choses de cette façon.

— Je suppose que non, dis-je.

Il me donne encore une tape dans le dos.

— Tu vas devenir plus grand, plus fort et meilleur, Croquette. Ce n'est qu'un début.

Je le remercie et vole presque jusqu'à mon siège.

À mon arrivée, papa semble triste. On croirait presque que quelqu'un vient de mourir.

— Je suis désolé, Jonathan. J'imagine à quel point tu dois être déçu.

Je pense à ce que mon héros m'a dit.

— Ça va, papa.

— Quoi?

Il hausse les sourcils, tout étonné.

Je hausse les épaules. Je suis sûr que Jean Ducette ne parlait pas seulement de hockey.

— Parfois, je vais compter, et parfois, je vais rater. C'est ce qui rend les choses… intéressantes.

Papa reste silencieux quelques instants.

— Tu sais que tu m'impressionnes, dit-il finalement.

C'est la deuxième fois qu'on me le dit en quelques minutes, et ça me fait chaud au cœur.

J'aime impressionner les gens.

— Alors, que contient cette enveloppe? demande papa.

— Je n'en sais rien, dis-je en l'ouvrant.

J'y trouve un chèque-cadeau de 200 $ pour un achat chez Pro-Sports!

D'abord Jean Ducette, ensuite ce cadeau?

Je dois bien être le garçon le plus chanceux de la planète!

Évidemment, je partage ma position avec Bosco et je n'en ai pas terminé avec les maths. J'ai manqué plusieurs parties avec les Cougars, *et* raté le but devant des milliers de personnes.

Mais pourtant, tout se termine bien. Très bien, en fait.

Je jette un regard dans le stade, tout autour de moi. C'est génial de voir tous ces partisans réunis pour mon premier match de la LNH.

Les yeux de papa s'agrandissent lorsqu'il voit le chèque-cadeau.

— Dis donc, tu vas pouvoir acheter le casque que tu voulais, avec ça!

Je souris et hoche la tête, trop heureux pour parler.

Au sujet de l'auteure

Née à Vancouver, en Colombie-Britannique, W.C. Mack habite maintenant à Portland, en Oregon. Toujours partisane des Canucks, elle appuierait, paraît-il, aussi l'équipe des Winterhawks de Portland.

Remerciements

Je remercie chaleureusement mon éditrice, Diane Kerner, qui m'a encouragée à me lancer sur la glace, et mon agente, Sally Harding, qui m'a incitée à foncer dans la mêlée (même si nous ne sommes pas au rugby).